すべての犬は天国へ行く
every dog goes to heaven

ケラリーノ・サンドロヴィッチ
keralino sandorovich

論創社

すべての犬は天国へ行く
every dog goes to heaven

すべての犬は天国へ行く
every dog goes to heaven

テイク・ザ・マネー・アンド・ラン

テイク・ザ・マネー・アンド・ラン

すべての犬は天国へ行く

口絵写真
田中亜紀
扉イラスト
高橋　歩（すべての犬～）
久保卓也（テイク～）
◉
ブックデザイン
高橋　歩

目次

まえがき

　あまりにいろいろなタイプの芝居を書いている為、便宜上、あくまでも便宜上ですが、コメディをいくつかに分類しています。その方が劇団の制作や役者達に伝えやすいからです。僕は大抵の場合、台本が一枚もないような状態で稽古初日を迎え、一ヶ月余りの稽古と並行して台本も完成させるようなことになってしまうので（本書に収められた二編も例外ではありません）、「ああ、今回の芝居はあのタイプではなくてこのタイプなのだな」と、少なくとも長年一緒に芝居を作ってきた仲間とはコンセンサスをとっておきたい、その為の分類です。

　昔は「ナンセンス・コメディ」と「シチュエーション・コメディ」の二つの分類で事足りました。僕らが言う「ナンセンス・コメディ」とは、一言で言うと〈デタラメ〉です。たくさんの〈デタラメ芝居〉を作ってきました（これらの台本も、近いうちに戯曲集として上下巻二冊にまとめないかという話を論創社さんに頂いております。有り難いことです）。それらの芝居の中ではどんなことでも起こり得ます。我々の住むこの世界とはまったく位相の異なる〈あの世界〉のスケッチ集です。対して、「シチュエーション・コメディ」は、一応、僕らの中では〈この世界〉のスケッチで構成されたものを指しました。バスター・キートンがナンセンス・コメディだとすればチャーリー・チャップリンがシチュエーション・コメディ、と喩えればわかりやすいでしょうか、かえってわかりにくかったですか、すみません。ともかく、十年前は自分達のやってる芝居は二つのうちのどちらかに、明確に分類できたのです。

六、七年前からでしょうか、少しずつ、僕の書く芝居はややこしいことになってきました。『すべての犬は天国へ行く』と『テイク・ザ・マネー・アンド・ラン』、本書収録の二作品を、僕達は「シリアス・コメディ」と呼んでいます。どちらかというと、喜劇として料理するよりもシリアス・ドラマとして描くのに向いているのではないかと思われるような、ひどくヘヴィーな状況に置かれた人々を、ここが大切なのですが、ヘヴィーな空気はそのまま残しつつ、しかしあえてコメディとして調理してみる——。それが僕の考える「シリアス・コメディ」です。

きっかけは一九九五年に書いた『4A.M.』という作品でした。戦争で荒廃しきって、外に出るのも危険な状況にある国の、ある小さな家の住人と来訪者達を巡る、暗くて重い喜劇です。観終わったあと、強い閉塞感が残る、だけど僕にはそこが魅力的に思われた作品でした。『犬天』と『テイク&ラン』(長いので略します)も、ある意味、希望のない、息が詰まるような世界感をもった作品です。後づけで考えたことですが、「客受け悪いだろうなあ、後味悪いもんなあ」と思いながらも、定期的にこのようなタイプの芝居を書いてしまうのは、今我々が生きる世界とダブらせる作業が面白いから、刺激的だからなのだと思います。

カッコつけるわけでもなんでもなく、『犬天』の〈来ないとわかっている者(事)を待ち続けるしかない村人達〉や、『テイク&ラン』の〈どこへ辿り着くのかわからない船にゆられて海を漂い続ける避難民達〉は我々なのであり、あの村やあの船は今の日本、今の世界だと思われてなりません。そんなこたぁないと思われる方もいるでしょう。そう言われちまったら謝るしかありません。

だけど、それが僕の人生感です。そんな村で何かを待ち続け、そんな船でどこかへ向かい続ける以上、せめて笑うしかないじゃないか、そう思うのです。

すべての犬は天国へ行く
every dog goes to heaven

主要登場人物

クレメンタイン（21）・酒場の主人の娘
早撃ちエルザ（23）・流れ者
エリセンダ（28）・娼婦
カミーラ（28）・アイアン・ビリーの妻
キキ（26）・医者の妻
クローディア（16）・保安官の娘
デボア（28）・娼婦兼酒場の歌手
マリネ（28）・クレメンタインの義姉
エバ（42）・酒場の使用人の妻
メリィ（16）・エバの一人娘
リトルチビ（7）・黒人の少年
ガス（25）・不良女
グルーバッハ夫人（45）・農夫の妻
カトリーヌ（24）・娼婦

どこからどう見ても、西部劇映画でよく見かけるような、あんな風な、ああ、いわゆるね、という感じの酒場である。

入口にはスイングドアがあり、カウンターがある。上手には二階へ続く階段があり、階上にはドアが並んでいる。

店の外に広がるのは、どこまでも果てしない大平原。

風は荒野にそよぎ、太陽は照りつける。

馬は疾駆し、男は殴り合うだろう。


ただ、どうやらそこは、アメリカではないらしい。どこなのかはよくわからない。わからないが、きっとアメリカではなく、イタリアでもメキシコでもないらしいのだ。

1・嵐の晩に犬が撃たれる

夜。

どしゃぶりの雷雨。

喧嘩でもあったのか、散乱した酒場の店内を片付けている、使用人のエバとその娘のメリィ。メリィは十六歳になるが、少々頭が足りない。

店の外のベンチでは黒人の少年（リトルチビ）が雨に濡れながらハーモニカを吹いている。少し離れた所から娼婦のカトリーヌの声が聞こえてくる。客の一人を送り出しているらしい。雨音に消されて店内までは聞こえないのだろう、リトルチビだけがその声に反応した。

カトリーヌの声　ほらビリーさん、しっかりしてちょうだいよ。歩ける？　そう、はい、そこ水溜まりあるから。いや入れってことじゃないのに。ああ、ああ、ああ……。なに笑ってんのよ、ほらつかまって。大丈夫よね？　一人で帰れるわよね……ちょっと……だめよ……。
リトルチビ　（声のする方を見た）
カトリーヌの声　だめだったら……人が来る……だめ……
　　カトリーヌの声は、ほどなく喘ぎ声へと変わった。
リトルチビ　……。

リトルチビ、興味津々の表情で声のする方へと消えた。
犬の遠吠えが聞こえる。
メリィ、その声に反応して片付ける手を止めた。

メリィ　……。
エバ　ほら、早く片付けなさいな。
メリィ　……はい。
エバ　さっさと済ませちゃいましょ。
メリィ　はい。
エバ　(割れた皿を片付けようとするメリィに）ああお皿は母さんやるから、手切るから。
メリィ　……。
エバ　しかしまあ、毎晩毎晩よく暴れるもんだねぇあの男は。
メリィ　暴れるもんだねぇ。
エバ　(笑って）ねえ。
メリィ　(その笑顔に笑って、床を見）あ、こっちにも血。べっとり。
エバ　(動じることもなく）可哀相にホフマンさん。やっとあごの骨がくっついたと思ったら。
メリィ　動くものならなんでも撃つって言ってたわ。
エバ　え？
メリィ　アイアン・ビリー。女でも子供でも……。
エバ　……昔の話だろ。

メリィ　昔？
エバ　もう何年もこの村じゃあ殺しなんてないよ……いさかいだってせいぜいがこの程度だ……平和な村ですよ……。

メリィがモップを片付けようと戸棚の扉を開けると、中から女の死体が転がり出て来た。服はビリビリに破れ、目はカッと見開いて、血に染まった乳房があらわになっている。

メリィ　（死体を見つめながら）……殺しはないの？
エバ　（見ずに）ないよ。
メリィ　絶対？
エバ　絶対さ。
メリィ　保安官は？　死んだよ。
エバ　……あれは殺しじゃないよ。
メリィ　……この村は平和？
エバ　平和ですよ。

雷。
メリィ、母親の言葉に安心すると、死体を戸棚の中に押し込み始めた。

メリィ　平和はいいこと？
エバ　もちろんですよ。

メリィ　母さんは平和が好き？（扉を閉めた）
エバ　いませんよ平和が嫌いな人なんて……。（メリィを見て）気をつけなさい、破片飛んでるかもしれないから。
メリィ　はい。

間一髪のところで、エバは死体に気づかなかった。

メリィ　……母さん。
エバ　え？
メリィ　あげる。

メリィ、エバに、何かを渡す。

エバ　なんだいそれ……指輪じゃないの。
メリィ　平和の石だよ。
エバ　あんた……どうしたのこれ……。
メリィ　……。

エバ、メリィの頬に平手打ち。

メリィ　！

エバ　勝手にあの人達の部屋に入っちゃだめだって言ったろ！
メリィ　ごめんください！
エバ　何度言ったらわかるのよ、お前はあんな薄汚い奴らとは違うんだよ。
メリィ　はい。
エバ　もう絶対入るんじゃないよ……。
メリィ　はい……。
エバ　絶対だよ……。
メリィ　はい……。
エバ　（やさしく）……誰の部屋から取って来たの……？
メリィ　デボアさん。
エバ　……母さんが返しとくから。
メリィ　なんて言って？
エバ　（言葉に窮して）だから……掃除してたらベッドの裏に落ちてたとか。
メリィ　無理がある。
エバ　お前が言うな！
メリィ　（はじかれるように）ごめんください！
エバ　……なんかもっといいのを考えるよ……。
メリィ　ゴミと一緒に出しちゃってましたっていうのは？
エバ　無理がある無理がある。

二階から、当のデボアが姿を現した。いかにも娼婦といった、けばけばしい出立ち。

メリィ　（焦るでもなく）あ、デボアさん。
エバ　！（と思わず持っていた指輪を投げてしまった）
デボア　なに？
メリィ　（エバに、ニコニコと）ちょうどよかったね。
エバ　（小声で）よくないでしょ！
デボア　なにどうしたの？　片付けてるの？
エバ　はい。
デボア　ごくろうさま。
エバ　（コソコソと指輪を拾うが動揺を隠せぬまま）いえ、よく降りますね、雨。
デボア　そうですね。手伝いましょうか？
エバ　とんでもありません。私どもの仕事ですから。
デボア　まあそうなんだけどさ、ヒマだから。
エバ　いいえ、結構です。ありがとうございます。
デボア　そう。
メリィ　返さないの？　もっといいの考えてから？
エバ　！
デボア　え？
エバ　うんうん。
デボア　何が？
エバ　そうだね。

デボア　何を？
エバ　いえ、
メリィ　デボアさんに考えてもらったら？
デボア　んなに？　考える考える。
メリィ　（デボアに）そうよ、自分のことなんだからさ。
デボア　あたしのこと？
メリィ　うん。
エバ　いいからお前は片付けなさい！
メリィ　はい。
デボア　……。
エバ　……。
デボア　あなた、エバさん、何かあたしに隠してる？
エバ　（ビクリとして）いえ！
デボア　あそう……隠してんなら当てようと思ったんだけど。ヒマでさぁ。
エバ　隠してません。
デボア　あそうですか……残念。（と階段に座った）
エバ　……。（デボアの目を気にしながら片付け始めた）

微妙な空気が漂うなか、雨の音だけが響いている。

デボア　あたしがここにいると邪魔？

エバ　いえ！　そんな邪魔だなんて。
デボア　なんでさ、いちいちビクッてするの？
エバ　してませんよビクッとだなんて。
デボア　したした。
エバ　してません。
デボア　まあいいんだけどさ……なんか理由があってビクッとしたのかなって思えると少しはね……楽しくなるかなって。
エバ　はあ……。
デボア　旦那の具合は？　少しはいいの？
エバ　ええ、おかげさまで、だいぶ。
デボア　大変よね早く良くなってもらわないと。女手……（数えて）四本じゃ力仕事がね。
エバ　（苦笑で）そうですね……すみません心配して頂いて……。
デボア　違うんですよ。心配することでね、少しは時間が潰れるかと思っただけで。
エバ　……。

犬の遠吠え。

メリィ　（反応して）なんか、へんだわ。
デボア　何が？
メリィ　鳴き声。
デボア　犬？

メリィ　うん、いつもと違う。

再び犬の遠吠え。

メリィ　ね。
デボア　……ちょっと待って、ごめんなさいわからなかった、もう一回鳴いてくれないかしら、もう一回聞けばわかると思うのよ。

デボア、耳をすまして犬が鳴くのを待った。
間。
犬は鳴かない。

デボア　（立ち上がり）行ってひっぱたけば鳴くかしらね。
メリィ　（慌ててデボアの行く手を塞ぎ）ダメ！
デボア　ダメなら行きませんよ。
エバ　ほらメリィ。（仕事しなさい、の意）
メリィ　（エバに）はい。（デボアに）デボアさん、そんなにヒマなら、部屋に戻って何かなくなってるものでもないか探してみたらどう？
エバ　メリィ！

エバ、持っていた皿の破片で手を切った。

エバ　痛！
メリィ　あ！
デボア　切ったの？　あ、今救急箱持ってくるから。
エバ　平気ですから。
デボア　いいから！　ああ血が出てる血が出てる、今持ってくるから。ああこれは深いわ。あらあら、出るもんだわねぇ！
メリィ　あたし持って来る。
デボア　あたし行くわよ。これは大変だわ……！　ああ忙しくなってきた！

デボア、やる気満々で階上へと走り去った。

メリィ　血！
エバ　だから破片に気をつけろって言ったじゃないか！
メリィ　え⁉
エバ　なに言ってんだあたしは！　ごめんよ気が動転して。ちょっと母さん慌てたね。
メリィ　慌てたね。

メリィ、破片を手にとると勢いよくもう一方の手の甲へと振り下ろした。破片は手の甲にザックリくい込み、みるみる血が溢れ出した。

エバ　なにやってんのお前は！
メリィ　血が出た！
エバ　そりゃ出るよ！　おいで！

エバ、娘の手を引いて店を出、離れにある自分達の部屋の方へ向かった。

メリィ　（行きながら笑顔で）母さんとあたしの血、ホフマンさんの血よりきれいだね。
エバ　なに言ってんの！

メリィ、エバ、去った。
犬の遠吠え。
店の外のベンチに、いそいそと、覗きを終えたらしいリトルチビが戻って来た。
少しして、再びカトリーヌの声が聞こえてくる。

カトリーヌの声　じゃあね、気をつけてね、うん、ビリーさんもお元気で。はい、さよなら、おやすみなさい。

雨に濡れながら小走りに戻って来たカトリーヌ、店の中へ入ろうとして、リトルチビに気づいた。

リトルチビ　（そ知らぬ素振りで）……。
カトリーヌ　……。

リトルチビ　今日もアイアイビリーはあれか、ハデに暴れたのか。
カトリーヌ　(それには答えず) 坊や家ないの？　いつもいつもこのへんに寝てるみたいだけど。
リトルチビ　(それには答えず) アイアイビリーは
カトリーヌ　アイアン・ビリー。
リトルチビ　アイアイビリーは姉ちゃんの中でも暴れたのかい？
カトリーヌ　……そうね。
リトルチビ　図星だろ。
カトリーヌ　(子供をあしらう態度で) 図星図星。坊や名前は？
リトルチビ　リトルチビ。
カトリーヌ　……リトル？
リトルチビ　チビ。
カトリーヌ　……リトル？
リトルチビ　チビ。リトルチビ。
カトリーヌ　帰りな。風邪ひくよ。それから今度覗き見したらグーで殴るよ。
リトルチビ　売春婦。
カトリーヌ　(立ち止まった)
リトルチビ　なあ。
カトリーヌ　なによ。
リトルチビ　売春婦っていくら？　一売春《いちばいしゅん》いくら？
カトリーヌ　坊やいくつ？
リトルチビ　七つ。

カトリーヌ　……。
リトルチビ　牛乳が大好き。
カトリーヌ　聞いてないわよそんなこと。一回だけ、ただでやらせてあげる……。
リトルチビ　（露骨に目が輝いた）
カトリーヌ　あと四年して、おチンチンに毛が生えてきたら。
リトルチビ　もうボウボウさ。
カトリーヌ　嘘つきなさい。
リトルチビ　いつもからまって動けねえんだ。
カトリーヌ　（じらして楽しむように）待つのよ、四年。
リトルチビ　四年か……。
カトリーヌ　（妖艶な笑みを浮かべて）待ちきれない？
リトルチビ　いやいや、四年たったらあんたいい加減いくつだ？
カトリーヌ　いい加減てなによ！　じゃいい。今のなし。（行く）
リトルチビ　（その後ろ姿に）売春婦、いいよ四年で。待つよ、姉ちゃんでもやれねえよりはマシだ、
売春婦、売春婦！

カトリーヌ、店の中へ入って行った。

リトルチビ　……。

店内に明かり。

救急箱を手にしたデボアが階上に現れ、今入って来たばかりのカトリーヌと目が合った。

デボア　（エバとメリィがいないので）あれ。
カトリーヌ　（階上へ向かいながら）なに？
デボア　いや。（カトリーヌの服が）ああビショビショだ。
カトリーヌ　うん。
デボア　拭いてあげようか。
カトリーヌ　いいわよ。
デボア　なんで。風邪ひくよそのままじゃ。
カトリーヌ　拭くわよ自分で。

二人、階上奥へ。
店の外では、リトルチビがベンチで雨に濡れながらしょげ返っていた。

リトルチビ　……。

と、その時、物陰から声が聞こえた。

声　坊や。
リトルチビ　（瞬発的に）はい。

腰にガンベルトを携えた女が姿を現した。この村に辿り着いたばかりの流れ者、エルザである。

エルザ　この村に、アイアン・ビリーって呼ばれてる男がいると思うんだけど、知らないかな。
リトルチビ　（みくびられまいと虚勢を張って）まあ座りなよ。
エルザ　……。（座った）
リトルチビ　……よそ者？
エルザ　まあね、
リトルチビ　流れ者？
エルザ　うん。
リトルチビ　おろか者？
エルザ　違う。
リトルチビ　のりもの？
エルザ　考えて物を言いなさい坊や。……（自分を指し）のりものに見えるんだ。（リトルチビがうなずくので）うんじゃない。アイアン・ビリー。知ってるんでしょ、どこにいるの？
リトルチビ　あんた、名前は？
エルザ　……坊や、学校で教わんなかったの？　人に名前を聞く時はまず自分から名乗れ。
リトルチビ　リトルチビ。
エルザ　へえ。相当小さいんだね。
リトルチビ　ボオボオさ。
エルザ　（言ってることがわからず）何が？
リトルチビ　俺のジャングルにおじけづくなよ。

エルザ　坊や会話しようよ。ね、そんなだといろいろ困るよ将来。
リトルチビ　リトルチビ。
エルザ　あたしはエルザ。エルザ・セジュウィック。
リトルチビ　流れ者だな？
エルザ　だからそうよ。
リトルチビ　かぶりものだな？
エルザ　……。
リトルチビ　かぶりものだな？
エルザ　（おざなりに）うんそう、かぶりもの。そして揚げもの。酢のもの。恋愛もの。ホラーもの。恋愛ホラーもの。
リトルチビ　（思わず立ち上がり）観てえ。
エルザ　観たかったら教えな。アイアン・ビリーはどこ？
リトルチビ　姉ちゃん学校で教わんなかったのかい？
エルザ　え？
リトルチビ　人にアイアイビリーの居場所をたずねる時は、まず、自分からアイアイビリーの居場所を言え。
エルザ　だから知らないから聞いてんのよ！
リトルチビ　知らねえってこと知らねえもん。言えよ、知らねえって。
エルザ　わかれ。あたしが聞いた時点であぁ知らないから聞いてんだなぁってわかれ。（ののしるように）チビ。
リトルチビ　チビは名前だから……悪口みてぇに使わないでくれよ……。

エルザ　……ごめん。
リトルチビ　わかりゃいいんだよ姉ちゃん。
エルザ　エルザ。
リトルチビ　ああ。
エルザ　早撃ちエルザ。
リトルチビ　早撃ち？
エルザ　あたしのひいおばあちゃんは、相手がどんなに早撃ちと言われた奴でも、先に銃を抜いて撃ち殺したわ。
リトルチビ　はえぇ。
エルザ　おばあちゃんはもっと早かった。相手が銃を抜こうかなぁって思う前に、銃を抜いて撃ち殺した。
リトルチビ　よろしく言っといてくれよ。
エルザ　死んだから。母さんはもっと早かったわ。相手が、銃を手に入れる前に撃ち殺した。
リトルチビ　……それ、ズルじゃねえか？
エルザ　あたしはどうかって？
リトルチビ　聞いてない。
エルザ　あたしは、自分すら銃を手に入れる前に撃ち殺す。

雷鳴。

エルザ　さあ教えな。アイアン・ビリーはどこにいる。

リトルチビ　……姉ちゃん、それを知ってどうするんだい。
エルザ　アイアン・ビリーを撃ち殺す。

銃声。犬の悲鳴。

エルザ　なんだ⁉

さらに銃声。さらなる犬の悲鳴。

リトルチビ　おおかた屋根裏をネズミかなんかが走り回ってる音さ。
エルザ　坊や一回耳の検査してもらった方がいい。
リトルチビ　はい。

エルザ、銃声のした方へと向かって行く。

エルザ　ほら早く。
リトルチビ　（と当然のように言われて）え？

二人が行こうとした方向から、保安官の娘であるクローディアが傘を手にやって来た。

クローディア　……。

リトルチビ　この村の保安官の娘だ。
クローディア　（目礼）
エルザ　……。
エルザ、クローディアを一瞥して走り去った。リトルチビも後に続いて去る。
クローディア　……。
クローディア、店の入り口へ歩いて行く。
クローディア　（中に向かって）こんばんは。
誰も出て来ない。
クローディア、店の中へ――。
クローディア　……。
店主の娘であるクレメンタインが二階から顔を出した。
店内は暗く、クローディアの顔はよく見えない。
クレメンタイン　（冷やかな口調で）誰、メリィ？

クローディア　こんばんは。
クレメンタイン　（表情、いくらか柔らかくなって）ああ。
クローディア　ごめんなさい、勝手に。どなたも出ていらっしゃらなかったものですから。
クレメンタイン　なんでしょう。
クローディア　いえ……ちょっと父のことで……。
クレメンタイン　……。
クローディア　あの日……父が殺された日……誰か怪しい人間を見かけなかったか、村の皆さんにお聞きしてまわってるんです。
クレメンタイン　それで？　何かいい証言は得られたの？
クローディア　いえ、まだ……。
クレメンタイン　でしょうね……。
クローディア　なんか、ありませんか……？
クレメンタイン　（不意にシリアスな表情になると、周囲に人気《ひとけ》がないことを確認し、小声で）……誰にも言わない？
クローディア　え……!?
クレメンタイン　言わないって約束できる？　あたしの立場もあるからさ……。
クローディア　……言いません。

緊張感。クレメンタイン、深刻そうな表情で静かに語り始める。クローディアは真剣に聞き入っている。

クレメンタイン　……あの日ね……あたし、あんまり天気がいいものだから、なんだかこういう日は出かけなきゃ損なんじゃないかって気持ちになって……ならない？　天気がいいとそういう気持ちに。
クローディア　なりますね。
クレメンタイン　ね、それでふらっと丘のふもとまで散歩に行ったの……で帰りにあなたの家の前を通りかかったの。
クレメンタイン　そうなの。
クローディア　そうなんですか……⁉
クローディア　それで……⁉
クレメンタイン　覗く気はなかったのよ……覗く気はなかったんだけど、窓からね、カーテンがこれくらい開いてたから、見えちゃったのよ。
クレメンタイン　本当に誰にも言わないでよ。
クローディア　何が⁉
クローディア　言いません。
クレメンタイン　中で保安官と、なんか、男が言い争い……（言い直して）やっぱり殴り合いをしてて……。
クローディア　やっぱり？
クレメンタイン　（きっぱりと）え、言ってないよやっぱりなんて。
クローディア　……。
クレメンタイン　殴り合いしてたのよ、男と、あなたのお父さんが。
クローディア　どんな男ですか……⁉
クレメンタイン　顔は見えなかった。

クローディア　背格好は？
クレメンタイン　背格好見えなかった。なんか暗くてよくわかんなかった。
クローディア　……そうですか。
クレメンタイン　うん。（不意に）肉屋のアルトゥーロ。
クローディア　はい？
クレメンタイン　アルトゥーロよ肉屋の。犯人。
クローディア　見えなかったんじゃないんですか？
クレメンタイン　見えた。アルトゥーロ。
クローディア　アルトゥーロさん？
クレメンタイン　間違いない。アルトゥーロ、アルトゥーロ。銃声が二、三発聞こえて、何かなと思ってふと見るとアルトゥーロ。血だらけの肉切り包丁をこうやって、
クローディア　銃声がしたんですよね。
クレメンタイン　（とりつくろって）うんだから……肉切り……鉄砲。
クローディア　ない。
クレメンタイン　（同時に）ない、そんなもんない。（すっかりあきらめて）途中まで結構らしくなかった？　カーテンの描写とか。
クローディア　……嘘なんですね全部……。

階上から、娼婦のエリセンダが来た。

エリセンダ　あ。

クローディア　こんばんは。
クレメンタイン　お父さんを殺した犯人をね、まだ探してるんですって。
エリセンダ　御苦労様。
クレメンタイン　（エリセンダを指して、クローディアに）御存知ですよね。
クローディア　ええ。
エリセンダ　エリセンダです。
クレメンタイン　娼婦さん。
クローディア　はい……。

純情そうなクローディアは、なんだか居心地が悪くなってきた。

クレメンタイン　今、アルトゥーロを犯人にしてやれと思ってさ、証言してたのよ。
エリセンダ　え、なんで？
クレメンタイン　え、むかつくから。そしたらなんか、気ばっかり急いちゃって。（クローディアに）うまくいかないね悪だくみっていうのは。
クローディア　……。
エリセンダ　いい人じゃないのアルトゥーロさん。（クローディアに）ねぇ。チップはずんでくれるし、チンコも大きいし。
クレメンタイン　（クローディアに）チンコはあたし達関係ないもんねえ。

クローディア、二人からそんなことを言われても困るだけで、顔を赤らめて目をそらした。

エリセンダ　保安官には負けるけどね。
クローディア　（エリセンダを見た）……。
クレメンタイン　（明らかにクローディアをからかう意図でエリセンダに）保安官もチップはずんでくれた？
エリセンダ　（意図を汲んで）んー、チップもあれだけど、それよりなによりチンコの色艶が
クローディア　（遮って）それじゃああたし。
クレメンタイン　ああそう。
クローディア　失礼します、おやすみなさい。
エリセンダ　クローディアちゃんていくつになったの？
クローディア　……十六ですけど。
エリセンダ　もう十六か……どうすんの？
クローディア　はい？
エリセンダ　将来。
クローディア　まだわかりません。

クローディア、逃げるようにして雨の中外へ出て行った。

クローディアが行ってしまったのを確認すると、エリセンダとクレメンタイン、堰を切ったように高らかに笑った。

クローディア、笑い声に気づき、振り返った。

クローディア　……。

クローディア、去る。

エリセンダ　（カウンターに向かいながら）可愛いねえ。
クレメンタイン　そう？　むかつくだけよ。
エリセンダ　なんでよ。
クレメンタイン　十六ったらもう可愛子ぶってる歳でもないじゃない。（グラスに酒を注ごうとしているエリセンダに）禁酒してるんでしょ。
エリセンダ　少しだけよ。一杯だけ。
クレメンタイン　お金。
エリセンダ　払うわよ、今あれだから明日。
クレメンタイン　払ってくれるなら別にいいけどさ、アル中でのたれ死にしようが何しようが。
エリセンダ　（酒を注いで）ホント口悪いなあ……もうホント飲んでないわよ……。（とグイと飲んだ）
クレメンタイン　聞いたよ。旦那殺しそうになったんでしょ。
エリセンダ　ヘビに見えたのよ。大蛇。こっちからあれしないと絞め殺されるかと思ったんだもの。
クレメンタイン　だから旦那がヘビに見えるようじゃ相当だっていうの。旦那とヘビじゃ長さがだいぶ違うでしょ？
エリセンダ　違うけど。
クレメンタイン　旦那ネズミ丸飲みしないでしょ？
エリセンダ　あまりしない。

クレメンタイン　旦那マングースと闘わないでしょ？
エリセンダ　うん滅多に。

二人、自分達の会話の不毛さを嘆くかのように笑った。

クレメンタイン　旦那がヘビに見えるって……まあ、ヘビが旦那に見えるよりマシか……（ふと）ヘビのチンコってさぁ、

見るとエリセンダ、グラスに二杯目の酒を注いでいた。

クレメンタイン　一杯だけだって言ったじゃない。
エリセンダ　いっぱい飲むって言ったのよ。
クレメンタイン　じゃあいっぱい金くれ！
エリセンダ　（おやじのようにヤケッパチで）明日明日ぁ！
クレメンタイン　（呆れて）ああ、もう酔ってる……。

雷。

エリセンダ　ステファーニア、大丈夫かなぁ……ちゃんと馬車乗れたかしら。
クレメンタイン　何もわざわざこんな天気の日に出発することないのよ。娼婦さんのとる行動は無謀。理解できない。

エリセンダ　そう？　あたしだってもし心から愛してくれる恋人がいたら雨だろうが雷だろうが、

クレメンタイン　へビ旦那を捨てて？

エリセンダ　いつでもこの村を後にする覚悟はできてます。クレメンタインは好きな人いないの？

クレメンタイン　クレメンタインさん。

エリセンダ　クレメンタインさんは好きな人いないの？

クレメンタイン　従業員にそんなことまで話す気はありません。

エリセンダ　いるんでしょ。

クレメンタイン　言わない。言う必要ない。

エリセンダ　お医者様じゃない？　その方の御職業は。

クレメンタイン　……。

エリセンダ　あなた、壁に穴開けてあるでしょ。

クレメンタイン　……。

エリセンダ　いつもあたしとボレーロさんがしてると、覗いてるでしょ。

クレメンタイン　(動揺を隠そうとしながら）覗いてないわよ。

エリセンダ　いいんだけどさ別に、減るもんでもないし。減ったら驚くけどね、まあどこが減るのかにもよるけど、見られたらどんどん減ってったら。……最後こんなちっちゃい、なんか細胞が二つベッドの上に……娼婦の細胞とお医者さんの細胞が、

クレメンタイン　なに言ってんの。

エリセンダ　好きなんでしょボレーロさんのこと。

クレメンタイン　……。（図星らしい）

エリセンダ　でも奥さんいるからね。関係ないか。

クレメンタイン　酔っ払い。
エリセンダ　気をつけて覗かないと息遣いが聞こえるよ。
クレメンタイン　……。
エリセンダ　荒ぁくなってるのが……ああ興奮してるぞって……あたしは別にあれだけどさ。
クレメンタイン　ああもう言ってることがわからない。あたしまだ人間に見えてる？
エリセンダ　うんとねぇ、鼻だけヘビに見える。
クレメンタイン　（鼻を触って）なによそれ……それボトルごと部屋持ってけば。明日ボトル分お金徴収するから。

そう言いながら、クレメンタイン、階段を上って行った。

エリセンダ　寝るの？　おやすみ。

一人になったエリセンダ、カウンターの端に置かれた蓄音機のレコードに針をのせた。
スクラッチノイズにまみれた音楽が流れ始める。
一階奥から、クレメンタインの義姉のマリネが来た。

マリネ　あ。飲んでる。
エリセンダ　一杯だけ。お金妹さんに払ったから。
マリネ　いいですけど……じゃあ私も同じのもらおうかな。
エリセンダ　はい。

エリセンダ、グラスに酒を注ぎ、マリネに。

マリネ　降りますね、なんだか知らないけど。
エリセンダ　ね……今もクレメンタインとね、ステファーニアはちゃんと馬車に乗れたかしらって言ってたのよ。
マリネ　ああ……。
エリセンダ　幸せな結婚生活を目前にして、雷にでも打たれたりしたらねぇ……。
マリネ　そうですね……。

少し前から、リトルチビとエルザが戻って来て店内を覗いていた。

リトルチビ　だめだ、売春婦がいるや。

リトルチビとエルザ、再びベンチの方へ行きながら、

エルザ　それじゃあ毎晩アイアン・ビリーはこの酒場に来るんだね。
リトルチビ　ああ。
エルザ　必ず？
リトルチビ　ああ。飲んで暴れるのが日課さ。（「酒と涙と男と女」の節で唄って）飲んでぇ、暴れてぇ、暴れてぇ、飲んでぇ、飲んでぇ、飴なめて眠るまでぇ、……（考えて）起きてー

エルザ　（冷やかに）ありがとう。（行こうとした）
リトルチビ　待てよ。
エルザ　そんな妙な日課を唄った唄は聞きたくない。
リトルチビ　約束だろ。教えてやったんだから早く早撃ち教えてくれよ。
エルザ　そう言うけどねチビ、早く早撃ちなんか教えたらホント早いよ。
リトルチビ　……え？
エルザ　早撃ちだけでも相当早いわけだから。いいの？
リトルチビ　（とたんに不安になって）わかんねえ。
エルザ　だろ。じゃあ。（と行き、笑顔で振り返って）もし明日ビリーが来なかったらタダじゃおかないよ。
リトルチビ　（呼び止めて）エズラ。
エルザ　エルザだっつうの。
リトルチビ　あんた、本当に早撃ちなのか？
エルザ　なに言ってんの。早撃ちだから早撃ちエルザなんじゃない、でしょ。
リトルチビ　ああ。
エルザ　飯炊きだったら？
リトルチビ　飯炊きエズラ。
エルザ　そう。早撃ちなのに飯炊きエルザとは言わないでしょ。
リトルチビ　言わねえ。
エルザ　じゃあ。（と再び歩き出し、笑顔で振り返って）もし明日ビリーが来なかったらタダじゃおかないよ。

リトルチビ　（呼び止めて）エズラ。
エルザ　なによ！
リトルチビ　じゃあ遅く教えてくれよ早撃ち。せめて撃つとこ見せてくれよ。
エルザ　……しょうがないなあ……じゃあ……少しだけね。
リトルチビ　（歓喜して）ああ！
エルザ　……。
リトルチビ　早く。
エルザ　もう撃ったわよ。
リトルチビ　（ものすごく驚いて）いつ⁉
エルザ　言ったでしょ、早いのよあたしは。
リトルチビ　だっていつの間に撃ったんだよ！
エルザ　もう、ずっと前。三日前。じゃあこれあたしが撃った瓶。（とそのへんに落ちている空き瓶を拾った）
リトルチビ　すげえ！　割れてねえぞ。
エルザ　証拠隠滅よ。

店内の会話と店外の会話が交互する。

エリセンダ　じゃああたし寝る。
リトルチビ　今夜どこ泊まるんだよ。
マリネ　おやすみ。

リトルチビ　この雨だぞ。
エルザ　決めてない。じゃあ。（と歩き出し、笑顔で振り返って）もし明日ビリーが来なかったら、
リトルチビ　なんで何回も言うんだよ。

エリセンダ、階上へ去った。
雷。
マリネ、カウンターの下の物を取ろうとして、体を沈ませる。
リトルチビ、店内を覗き込んだ。
店内には誰の姿もない。

リトルチビ　（大声でエルザを呼ぶ）おーーい！

エルザ、めんどくさそうに戻って来た。

エルザ　なに。
リトルチビ　（店内を指して）誰もいねえよ。一杯飲んでこうぜ。
エルザ　え。

リトルチビがサッサと店に忍び込むので、エルザ、それに続く。とたんに斧を手にしたマリネの姿がカウンターに現れた。

リトルチビ・エルザ　！

二人、慌てて物陰に隠れて覗き見る。

マリネ、あたりを見回すと、不敵な笑みを浮かべ、レコードの音楽に合わせて体をくねらせながら、冒頭でメリィが開けた、あの戸棚へと歩み寄り、扉を開けた。

ドサリと死体が転がる。

リトルチビ・エルザ　！

死体を刻もうというのだろう、マリネの振りかざした斧が死体に触れんとした瞬間、死体が悲鳴をあげてマリネに飛びかかって来た。

マリネ、ものすごく驚く。

雷鳴。

死体はまだ死んでいなかった。

肩で息をしながら、怨念のこもった鬼のような形相でマリネを見据えている。

マリネ　（怯えつつ）往生際の悪い娼婦だ……！
死体　（這いつくばりながらも向かって行く）うおおおお！
マリネ　（思わず逃げて）ぎゃあああ！

なんだか、どっちが加害者なのかよくわからない。

マリネ、カウンターの壁に飾られていたライフルを取って構えた。
これで、ようやくマリネが加害者っぽくなる。

マリネ　可哀相に……狭い戸棚ん中で虫の息で……死にそうになりながらずっと何考えてたの？　婚約者のこと？　馬車は行っちゃったよ……あんたはもう、二度と婚約者には会えない……会えたとしてもそんな格好じゃビックリされちゃうからやめといた方がいいよ……。悪かったね……この村を出て行こうなんて気おこすからいけないんだ……さようなら……ステファーニア……。

マリネ、ライフルの引き金を引いた。銃声。
リトルチビ、思わず悲鳴をあげた。

マリネ　（これまた必要以上に驚いて）ぎゃあああああ！　誰だい！　出て来い！　誰だい！

リトルチビ一人が現れた。
死体はこと切れている。

リトルチビ　……。
マリネ　ずっと見てたのか……？
リトルチビ　（首を振る）
マリネ　見てたんだろ……？
リトルチビ　（首を振る）

マリネ　（強く）見てたんだね！
リトルチビ　（はじかれるようにうなずく）
マリネ　じゃあ悪いけど……死んでもらうか……。

マリネ、ライフルを構えた。
エルザが銃を抜いてそっと忍びよる。
と、その時、

死体　（起き上がり）うおおおおお！
三人　ぎゃあああああ！

死体はまだ生きていた。
マリネ、腰を抜かしそうになりながら階段の上まで逃げた。
エルザは再び物陰に隠れた。

マリネ　ゾンビかこの女はぁ！
死体　うおおお！

リトルチビ、履いてたクツを脱ぐと、死体の頭をスコーンとはたいた。

死体　うおおおお！

チビ、何度もはたく。
死体、徐々に弱ってきた。

死体　（力なく）ううう……

さらに何度かはたく。
死体は完全に動かなくなった。リトルチビ、念のためもう何度かはたいて——。
静寂。
リトルチビ、落ちていた斧を拾い、

リトルチビ　さあ、早いとこぶった切っちまいましょうぜ。
マリネ　なに子分面してんだよ！（とライフルを構えた）
リトルチビ　（半泣きで助けを求め）エズラー。

マリネ、リトルチビにライフルを向ける。

リトルチビ　あ。（と言って違う方向を指す）
マリネ　へっ!?（と、その方向を見るが）んっふっふっふ、そんな子供騙しに騙され、
リトルチビ　（遮って）あっ！（と指さす）
マリネ　えっ？（見る）

と二回ほど繰り返す。

マリネ　見ちゃうじゃないか！
死体　うおおお！

と、死体が再び動き出し、マリネ二階まで逃げる。
死体追う。
エルザとリトルチビ、そのすきに逃げる。
マリネと死体、一階に戻ってくる。

マリネ　ギャー！！
死体　うおおおお！

マリネをカウンターまで追いつめるが、死体力つきる。
マリネ、死体をカウンターに隠す。
と、そこへデボアが降りて来た。

デボア　今なんか、バーンて感じの音しなかった？
マリネ　え知らない、何わかんないバーンて感じの音って、全然イメージつかめない、ごめん。
デボア　だからバーンていう

マリネ　ごめん見えてこないや。
デボア　……あ、そう。じゃあいいや。ごめんなさいね説明ヘタで。
マリネ　んんごめん。
デボア　……ヒマでさ。
マリネ　ああ。
デボア　……遊ばない？
マリネ　何してですか？
デボア　（一瞬考えて）騎馬戦？
マリネ　二人で？　この店の中で？
デボア　あんまりよくないか。全然考えずに言ったからね……（ハッとして）耳鳴りNo.5は？
マリネ　耳鳴りNo.5？
デボア　やらない？　やろ！
マリネ　いいですけど……。
デボア　どうやってやるの？
マリネ　私は知りませんよ。
デボア　そうか……じゃあ、ワニのしっぽグルングルンゲームは？
マリネ　え？
デボア　ワニがいないか……。
マリネ　……。
デボア　頭が回らないのよ、ほら。（とツムジのあたりを見せる）
マリネ　見せられても……。

デボア　……眠くて……。
マリネ　じゃあ寝ればいいじゃないですか。
デボア　眠いんだけど眠れないの。

雷。

デボア　もしかしたら、このまま永遠に眠れないんじゃないかしらって、この世が終わるまで。
マリネ　そんな……。
デボア　いつもそう思うのよ……夢の中で……。
マリネ　ああ、もうその時は寝てるんだ。
デボア　子供の頃ね、
マリネ　え？
デボア　あたしが泣くと、父さんが面白がって言ったのよ。「デボアはあれだな、渾身の力をこめて泣くな」って。
マリネ　へえ。コンシン？
デボア　まるでこの世の終わりみたいだなって。
マリネ　ああ。
デボア　だけどね、父さんは笑ってたけど、あたしは、泣く時、いつも本当にこの世の終わりだったのね。
マリネ　え、よくわからない。
デボア　この世はその度たしかに終わるのよ。泣く度に。何度でも。

マリネ　（よくわからないのだが）へえ。
デボア　そして、一度終わったこの世はもう二度と戻って来ないの。
マリネ　へえ……。

デボア、おもむろに唄い出す。
マリネは死体を発見されないか、気が気じゃないのだが——。

Open the night
End of the world
一瞬ごとに　終わってく
Open the night
End of the world
夜が始まる
Open the night
Close all people's eyes
闇が包めば
何もない
誰もいない
すべては終わる

Open the night

End of the world
どこかで誰か泣いている
Open the night
End of the world
夜の間《はざま》で
Open the night
Close all people's eyes
闇が包めば
何もしない
誰ともしない
すべてが終わる
夜が始まる

暗転。

2・街から男が消失する

今、テーブルを囲み、トランプゲームに興じているのは、娼婦のエリセンダと気の荒いことで知られるガスの取りまきとでも言うべき二人のチンピラ女だ。

メリィが、死んでいるのか、グッタリした犬を抱いて立っている。

農夫の妻であるグルーバッハ夫人がそれを見ながら別のテーブルに座っており、カウンターの中ではマリネが洗い物をしている。

蓄音機からは音楽が流れている。

グルーバッハ夫人　ひどいことするもんだよねえまったく……。痛かっただろうにねえ……（立ち上がって、犬に触れ）どこ撃たれたの？　オス？　メス？　あらもうカチンコチン。
メリィ　（犬をグルーバッハ夫人から離すようにして）……。
グルーバッハ夫人　さみしいよねえ、犬は家族みたいなもんだものねえ……。野蛮な男だよまったく……（マリネを見て）さみしいわよ、可愛がってたのに……。（再び犬に触れて）あんなにワンワン言ってたのがこんなにカチンコチンになっちゃっちゃねえ。ちょっと固すぎだわ……。
メリィ　（無視して、じれったそうにマリネに）おばさんスコップ。
マリネ　（突如すごい剣幕で）おばさんて言うなって言ったでしょう！　ちょっと待ってなさいよ！
メリィ　……。
マリネ　離れたとこに埋めてちょうだいよ。

グルーバッハ夫人　あら、埋めるの？
マリネ　（メリィが答えないので）ねえ！　ちょっと！　深ぁく埋めんだよ。
メリィ　はい。
マリネ　店のまわりはやめてよ。腐りかけを別の犬に掘り起こされたりでもした日にゃあ……
グルーバッハ夫人　（マリネに）ねえホラカチンコチンだよ。
マリネ　わかりました、カチンコチンはわかりました。
グルーバッハ夫人　出入り禁止にしなよ、ねえ、こんなひどいことするような男。
マリネ　酔っぱらわなきゃいい人だから。
メリィ　ねえ、おばさん！
グルーバッハ夫人　だって絶対酔っぱらうじゃないか。飲みに来るんだから。
マリネ　ええ。
メリィ　おばさんスコップ！　スコップおばさん！
マリネ　誰よスコップおばさんて！　おばさんて言うな！（目をそらすので）目をそらすな！（メリィ、見た）いいかい、もし今度おばさんて言ってみな、
メリィ　モシコンドおばさん。
マリネ　モシコンドおばさんじゃない、もし今度おばさん、
メリィ　もし今度おばさん。
マリネ　だから言うなっつの。今度おばさんて言ったら、深ぁく埋めた腐りかけの、うじが湧いてもうなんだかびうぁーって飛び出て、もう臭くてたまりませぇんってなった犬の死体を素手でもって掘り起こしてカウンターに飾っちまうよ。
グルーバッハ夫人　それあんたが嫌な思いするだけじゃないかい？

マリネ　るさいなあ！

上等そうな服を着た医者の妻、キキが日傘をさして店の前にやって来た。

メリィ　早く貸してくださいスコップ。
マリネ　だからおばさんて言うなってば！
グルーバッハ夫人　言ってないじゃないか。
マリネ　言ってませんよ！
グルーバッハ夫人　え？
マリネ　え!?
マリネ　鍵渡すから自分で納屋行って取ってきな。
メリィ　はい。
マリネ　（鍵を探すが）……あれ？
グルーバッハ夫人　ないの？

キキ、店の中へ。

キキ　こんにちは。
グルーバッハ夫人　あらキキさんこんにちは。
マリネ　どうも。
キキ　（見回して）主人は……

マリネ　いいえ、来てませんよ。

キキ、階上を見上げると、いぶかし気な表情で階段を上って行く。二階奥は売春婦達の仕事部屋なのである。

エリセンダ　来てないわよ。
キキ　（足を止め）……。
エリセンダ　来てない。
キキ　……そうですか……困ったわ……患者さんがお待ちなのに……。
グルーバッハ夫人　あらまあ。
マリネ　急ぐんですか？
キキ　ええ、鉄道局の、線路工夫の方が、両足を切断なさって。
グルーバッハ夫人　あらやだ。
マリネ　くっつくの？
キキ　さあ、取れた足をお持ちにならなかったのでなかなかくっつかないんじゃないかと……。
グルーバッハ夫人　ああ、ないんじゃくっつかないよね、さすがに。
キキ　別のものをくっつけてしまうのもなんですし。
グルーバッハ夫人　そりゃそうよ。
マリネ　急がないと死んじゃうんでしょ。
キキ　ええ、なんか痛がってるんですよね。
グルーバッハ夫人　そりゃ痛がるわよ。
マリネ　急がないと……。

キキ　主人があれすればなんとかなるんじゃないかと思うんですけど……。
キキ　血が止まりませんものですからね……（笑顔になって）あら可愛いワンちゃん。（と、メリィが抱いている犬の顔に手を）
マリネ　死んでるんですよ。
キキ　（笑顔のままで）ああそう。雑種ね、雑種でしょ。
メリィ　はい。
キキ　（メリィに）いくつ？
メリィ　三歳です。
キキ　あら三歳～。（と犬に頬をなすりつけた）
マリネ　……。
グルーバッハ夫人　三歳っていうと？　人間で言うといくつ？
キキ　犬の一歳が人間の七歳だってどこかで聞きました。
グルーバッハ夫人　ってことは……（計算出来ず）ないのかい鍵。
キキ　二十一歳ですね。
グルーバッハ夫人　二十一歳だろ。
マリネ　（鍵がなく）おかしいわね、どこいっちゃったのかしら……。
メリィ　いいですおばさん、柵乗り越えて入ります。

メリィ、走り去った。

マリネ　おばさんて言うなって言っただろう！　○△×□!!（興奮のあまり何言ってるかわからない）

グルーバッハ夫人　（ので）どうしちゃったんだよ。
マリネ　……ったく……使用人の娘のクセに、おばさんおばさんて
グルーバッハ夫人　へえ……もうマリネちゃんも、おばさんなんて呼ばれる歳か。
マリネ　まだです。
キキ　マリネさんは人間で言うとおいくつですの？
マリネ　人間ですあたし。
キキ　ですからわたくし人間で言うとって。（グルーバッハ夫人に）おかしいです？
グルーバッハ夫人　じゃあ犬で言うと。
マリネ　なんで犬で言わなきゃいけないんですか！
キキ　（どうしていいかわからず）じゃあ一体何で言ってほしいと……!?
マリネ　キキさん両足取れちゃった人いいんですか？　血止まらないんでしょ？
キキ　ええ、ですけど、まあ、慌ててどうこうってあれでもありませんし……。
グルーバッハ夫人　まあね……。
マリネ　（いったん納得していたが）なんで！　慌てなさいな！　グルーバッハさんもまあねってなんですか！
キキ　わたくしではどうにも出来ないということですよ、主人がいないことには。……どこへ行ってしまったんでしょう……ビール頂けますか？
マリネ　ああもう投げてるんですね。
キキ　とんでもありませんよ投げてるだなんて。……ただ、考えてもみてください。

間。

キキ　早く！
マリネ　何を考えるのよ！
キキ　（何も言ってなかったことに気づいて）あ。ですから、もしその、両足が取れてしまった線路工夫の方が生き延びたところで果たしてどうなんでしょうってことです。両足取れたままなんですよ、別のものすらくっつかずに。これ生きてた方が幸せなのか死んでた方が幸せなのか……。
グルーバッハ夫人・マリネ　ああ……。
キキ　天国に召された方が幸せだってこともあるんです。
グルーバッハ夫人　（なんだか説得されてしまい）そうね……。
マリネ　それはねえ……。
グルーバッハ夫人　それ、メリィちゃんにも言ってあげればよかったのに。
キキ　はい？
グルーバッハ夫人　だから今。
キキ　何を？
グルーバッハ夫人　だから、この犬も天国に召されてむしろ幸せなんだとかなんとかテキトーにさ。そうすりゃあの子も少しは気が晴れたんじゃないかいって言うのよ。
マリネ　そこまで同情することありませんよ。
キキ　……え？
グルーバッハ夫人　あ？
キキ　……あの犬、し、死んでたんですか!?
マリネ　だから言ったじゃないですか！

グルーバッハ夫人　ゆうべアイアン・ビリーに撃ち殺されたのよ。
キキ　いやだ……死体、死体に触ってしまいました！　……手！　御不浄！

キキ、上手奥の洗面所へと走り去った。

グルーバッハ夫人　……生きてんのと死んでんのとどう違うっていうんだよ……。
マリネ　（ボソリと）ちくしょう。
グルーバッハ夫人　何がちくしょう？
マリネ　また鉄道の開通が遅れる……鉄道局の奴ら、ちょっと事故があると不吉だとかなんとか理屈こねて、平気で半年は工事を中断するのよ……。
エリセンダ　せっかくね、夏にはよその町から客が流れてくると思ったのに。
グルーバッハ夫人　そうだよね、そろそろ汽車にも走ってもらわないと……あたしが生まれた時にはもう工事始まってたからねえ。
マリネ　かかり過ぎですよ。
グルーバッハ夫人　（マリネの台詞にかぶって）かかり過ぎだね。

と、突如、照っていた陽が陰ったかと思うと、怪し気なカラスの鳴き声が大きく三、四回。まるで何か不吉なことが起こる合図のように――。

人々　……!?

エリセンダとトランプをしていた二人のチンピラ風の女、気配を感じたのか、立ち上がって姿勢を正した。不穏な空気が店内を包む。

沈黙。

やがて、足音が聞こえ、ドアの向こうに一人の女の影が現れた。天に向かって垂直に立ったブロンドヘアー、狼のように鋭い光を放つ目——。二人のチンピラがボスと呼んで慕っている札つきの不良女、ガスである。

ガス、スイングドアを開け、重々しい空気を押し分けるようにして、ゆっくりと店内へ入って来た。

マリネ　（あまり歓迎せぬ様子で）いらっしゃい……。

ガス　……。（カードを手に取り）……やってたんだ……。

チンピラA・B　はい……。

ガス　ふうん……どう？

チンピラA　まあまあです。

ガス　（凄みを効かせて）おめえじゃねえよ……！

チンピラA　（はじかれるように）すみません……。

ガス　（聞こえないという風に耳に手をやり、威圧的に）あ⁉　天ぷら⁉

チンピラA　いえ……すみません。

ガス　なんだよ、天ぷらって言ったのかと思ったよ……。

チンピラA　いえ、すみませんて言いました。

ガス　（遮って）ああ……どう？

チンピラB　……まあまあです……。

ガス　ああそう……どう？

チンピラA　……まあまあです。
ガス　おめえじゃねえって言ってんだろ！
チンピラA　！
ガス　手ぇ出せ。
チンピラA　え……。
ガス　手ぇ出せって言ってんだよ……。
チンピラA　……はい……。（と手を）
ガス　指と指の間広げて置け。（とテーブルの上を指した）
チンピラA　……。

チンピラA、言われた通りに、テーブルの上に手を置いた。
ガス、いかにも扱い慣れた手つきでバタフライナイフを出し、クルクルと回した。

チンピラA　！

緊張感。押し黙る人々。

ガス　動かすんじゃねえぞ。

ガス、ナイフを振りかざした。思わず目をそらす人々。ナイフが振り下ろされようとした瞬間、チンピラAが思わずピクリと手を動かした。

ガス　バカ！　動かすなって言ってんじゃねえかよ！
チンピラA　すみません！
ガス　危ねえなあ！

と、ガスは意外と小心者なのだった。

ガス、ものすごくゆっくり、細心の注意を払いながら、チンピラAの指と指の間にナイフを突きたててゆく、ひどく几帳面だ。

切られているチンピラAよりもガスの方が緊張しているくらいだ。

ガス、ゆっくりとナイフを引っ込めた。

ガス　（ものすごく緊張した面持ちで）わかったかい！
チンピラA　はい！
エリセンダ　（立ち上がって）のど渇いた。マリネさんスコッチ。
マリネ　いいんですか？
エリセンダ　一杯だけよ。
ガス　（カウンターの方へ行き）ウォツカ。
マリネ　（ガスに）もうツケはききませんけど。
ガス　ってるよ。（わかってるよ、の意）

二階から、クレメンタインが不機嫌そうに現れた。

クレメンタイン　（階上から）父さんまだ？
マリネ　うん。
エリセンダ　どこ行っちゃったんだろうね。
グルーバッハ夫人　え？　わかんないの？
エリセンダ　ゆうべ店の改装のことで出かけたっきり。多分飲んだくれて寝過ごしちゃってるのよ。
グルーバッハ夫人　あら、うちのもゆうべから帰ってないんだよ。
マリネ　そうなんですか？
グルーバッハ夫人　まあうちのはね、週に五日は帰って来ないから。どこかの誰かさんの方がいいみたいで……。（クレメンタインに）それじゃああんたお姉さんのお手伝いしなくちゃ。
クレメンタイン　（鼻で笑って）客いないじゃない。
ガス　（ムキになって）いるじゃねえかよ！
クレメンタイン　（ガスのことは無視してマリネに）義姉《ねえ》さん、エバに言っといて。今度あんたの娘が勝手にあたしの部屋に入ったら、親子ともどもナイフでここんとこスーッて切ってズルリと頭の皮剝ぐよって。
ガス　（内心ビビって）こええこと言ってんなよ！（マリネに）おい！　ああいうのいいのかよ！　姉として！

ガスは小心者なだけでなく、意外と善良な人間なのだった。

クレメンタイン　言っといてよ。

マリネ　自分で言いなさいよ。その為の口でしょ。
ガス　（大きく同意して）そうだ！　その通り！　その為の口だろ！

クレメンタイン、無視して無言で二階奥へ戻って行った。

ガス　おい！　手伝ったらどうだよ！　姉妹《きょうだい》だろ！　血はつながってなくたってよ！　仕事なんて探しゃいくらだってあるよ！（不意にチンピラAに）今笑ったろ。
チンピラA　（ビビッて）笑ってません……。

チンピラAは本当に笑ってなかった。

ガス　あ？　殺すぞ……あん？
グルーバッハ夫人　出たよ、ガスちゃんの「殺すぞあん」が。
ガス　笑ったろ？
チンピラA　笑ってません……！
ガス　天ぷら？
チンピラA　笑ってません。
ガス　（大声で高圧的に）何の天ぷら！
チンピラA　（仕方なく）……アジ。
ガス　おめえは。
チンピラB　……アジ。

ガス　じゃああたいもアジ。（ニコリと笑った）
チンピラＡ・Ｂ　（その笑顔に救われて）はい……！（と笑った）
グルーバッハ夫人　（見ていたが）よくわかんないね。
エリセンダ　っていうかなに今日は……。なんで今日は全然客来ないの？
ガス　（ムキになって、子供のように）来てんじゃねえかよぉ！
エリセンダ　じゃガスさん、あたしと二階でいいことしてお金くれますか？
ガス　（照れて）……バカ……殺すぞ……。
エリセンダ　なに照れてんのよ。

エリセンダ、スイングドアから身を乗り出して外を眺め、

エリセンダ　見てよ、なんで男が一人もいないの？
マリネ　まだ三時だからね。（と、ジョッキをカウンターに滑らせた）そういう日もあるよ。
エリセンダ　（滑ってきたジョッキをキャッチして）日没までに二人は客とっとかないと目標額達成出来ないのよ。（と飲んだ）
マリネ　不出来な亭主持つと大変だ……。

マリネ、そう言うと、ガスに向かってもう一つのジョッキを滑らせたが、どういうわけか、それはカウンターの上を、まるでカタツムリのようにゆっくりと進んでゆく。
じりじりとした間。

ガス　……（待ちかねて）ちょっと遅くねえか？
マリネ　テクニックよ。
ガス　なにテクニック使ってんだよ。ああじれってえ！
エリセンダ　手のばして取ればいいじゃない。
ガス　ああ。（と納得したが、不意にムカッとし）るせえなあ！　殺すぞ……
ガス・エリセンダ・グルーバッハ・マリネ　あん？

ガスとチンピラ二人以外、全員笑った。

ガス　！　……笑ったな。

皆、「笑った笑った」とか「うんうん」とか言って肯定。

ガス　!!
グルーバッハ夫人　（つくづく）可愛いねえガスちゃんは。
ガス　……何が⁉
グルーバッハ夫人　いやいや。
ガス　何がだよ！
エリセンダ　誉めてるのよ。
グルーバッハ夫人　そうよ。
ガス　……バカヤロー。

グルーバッハ夫人　おばちゃんがあげた人形まだ持ってるかい？
ガス　……人形だ⁉
グルーバッハ夫人　あんたがまだこんなちっちゃい時にあげたろ、犬の人形。
ガス　……ああ……。
グルーバッハ夫人　お母さんに犬飼っちゃダメだって言われてね、（主としてチンピラ二人に）この子ワンちゃんワンちゃんてわんわん泣いて。
チンピラＡ・Ｂ　！
チンピラＡ　（驚いて、ガスに）……泣いたんですか？
ガス　（ひどく動揺して）泣いてねえよ！　フカシこいてんじゃねえぞババア！
グルーバッハ夫人　（笑顔で受け流して）ハイハイ。
エリセンダ　フフフ。
グルーバッハ夫人　（子供をあやすように）じゃああたしの記憶違いだ。
ガス　……。
グルーバッハ夫人　あれまだ持ってるかい？
ガス　捨てたよ！　あんなクソ人形。手足もぎとって、目ん玉くり抜いて、ナイフで体中数十ヶ所をメッタ刺しにしてな！　頭に割り箸とストロー刺してやった。三本ずつ。三本ずつ刺してやった。
チンピラＡ・Ｂ　（それでこそガスさん、と満足）
ガス　全身バラバラでゴミ捨て場にポイさ。お墓も作ってやんなかった……拝みもしなかった……一秒たりとも……お供えもなし。

ガス、そう言いながら、目がうるんできた。

グルーバッハ夫人　……あんた泣いてるの？
ガス　（慌てて目頭を拭い）泣いてねえよ！
グルーバッハ夫人　言ってて辛くなってきちゃったんじゃないの？
ガス　なんでだよ！
グルーバッハ夫人　ホントに……やさしい子だ。
ガス　殺すぞ！（とナイフを出した）
グルーバッハ夫人　……。
ガス　本当に殺すぞ。（と喉元にナイフを当てた）

短い間。
緊張感。

グルーバッハ夫人　……わかったよ。
ガス　もう言わねえか。
グルーバッハ夫人　言わないよ。
ガス　あんたらもだ。
マリネ・エリセンダ　（うなずいて）……。
ガス　……。（ナイフをしまう）わりいな。
グルーバッハ夫人　（首を振る）
ガス　あんまり言うからよ。

グルーバッハ夫人　いいよ。
ガス　ちょっとやり過ぎたな。
グルーバッハ夫人　……。
ガス　ちょっとやり過ぎた。だけどよ、
グルーバッハ夫人　いいんだよ。
ガス　……。
グルーバッハ夫人　いいよ。
ガス　……。（うなずいて）

ガス、ふとチンピラ達と目が合った。

チンピラB　どうして謝るんすか。
ガス　……（動揺して）謝ってねえよ。……（グルーバッハ夫人に）あたい謝ったか⁉
グルーバッハ夫人　いいや。
ガス　ホラ……。わかりゃいいんだよ。あたいもできればこれ以上いたずらに手を汚したかねえんだ。

ハンカチで手を拭きながらキキが洗面所から戻って来た。

キキ　（独り言で）なんだか匂いがとれないわ。（ガスに）こんにちは。

ガスは洗面所へ。

グルーバッハ夫人　おしっこかい？
ガス　（なぜか照れて、笑顔で）るせえ！
グルーバッハ夫人　いっぱいしておいで。
ガス　ゴミついてんぞ。

と、グルーバッハ夫人の背中のゴミをとってやった。

グルーバッハ夫人　ありがと。

ガス、洗面所へと去った。

キキ　（マリネに）ビールは？
マリネ　あハイ。
チンピラＡ　あたいもビール。
チンピラＢ　（ガスの去った方を見ていたが）……あの人……。
チンピラＡ　え？
チンピラＢ　いい人なんじゃねえの？
チンピラＡ　え……!?
グルーバッハ夫人　なに言ってんの今さら。
チンピラＡ　いい人……!?　ガスさんが!?

キキ　（匂いが）とれないわ。
エリセンダ　いい人って、どこで決めんのよ、いいとか悪いとか。
マリネ　ほらもう悪酔いしてる。止めといた方がいいですよ。（とジョッキを奪おうとした）
エリセンダ　（かわした）
マリネ　……。
チンピラA　（Bに）だって八人殺したんだろ今までに。
グルーバッハ夫人　誰が。
チンピラA　違うのかよ。
グルーバッハ夫人　虫一匹殺せやしないよあのコは。
チンピラA　……（信じたくなくて）嘘だ……！
グルーバッハ夫人　嘘なもんかい。あんたたち見ててわかんないのかい？
チンピラA　……。（チンピラBを見た）
チンピラB　……。
マリネ　（キキに）はいビール。

キキ、カウンターの端に行って、ジョッキを受け取り損なうまいとばかりに不器用に構えた。

マリネ　……。
キキ　もう少し近づいた方が安全かしら。

キキ、移動して、ジョッキから十センチくらいの距離に。

マリネ　（唖然としたが）……いいですか？
キキ　どうぞ。

マリネ、ジョッキをほとんど直接キキに渡した。

キキ　（ものすごく嬉しそうに）キャアッチ！
マリネ　……（チンピラＡに）ビールね……

チンピラＡはガスがいい人だと聞いて愕然としており、ビールどころではなかった。

チンピラＡ　……。
マリネ　ちょっと！
チンピラＡ　いらねえよ……！
グルーバッハ夫人　（不意に思い出して）そうだキキさん。
キキ　はい？
グルーバッハ夫人　この前約束しただろ、見とくれよ。
キキ　ああ。
マリネ　なに？
グルーバッハ夫人　占い。知らないのかい？　評判なんだよ当たるって。
キキ　いいえ、趣味で始めただけですから。

グルーバッハ夫人　だって先週の保安官の自殺、あれ当てたんだよこの人。
マリネ　（驚いて）そうなんですか⁉
キキ　（謙遜し）まぐれですよ。
グルーバッハ夫人　まぐれなもんか。去年のホラ、鍛冶屋のデニスが自殺した時も当てたんだから。ね。
キキ　ええ、まあ。
グルーバッハ夫人　あといつだったっけ、仕立て屋のザムザさんの自殺も当てたんだろ。
キキ　ええ……。
グルーバッハ夫人　あと、あの人の自殺も
エリセンダ　自殺ばっかりじゃない！
キキ　（照れ笑いで）まぐれです。
エリセンダ　やなまぐれ。
マリネ　（苦笑しながら制して）エリセンダさん。
エリセンダ　っていうか占ってもらうと自殺しちゃうんじゃないの？
マリネ　やめなさいよ。
エリセンダ　グルーバッハさんやめといた方がいいよ。
マリネ　そんなことあるわけないじゃないの。
グルーバッハ夫人　大丈夫よ、あたし占いとかそういうのまったく信じてないから。
エリセンダ　じゃあなぜ占ってもらうのよ。
マリネ　それはあたしもそう思う。
グルーバッハ夫人　いいからホラ。どうせヒマなんだろ。
キキ　ええ。

マリネ　ヒマじゃないじゃないですか！　足取れちゃった人。
キキ　もうあきらめました。
エリセンダ　ああきらめられちゃった。
グルーバッハ夫人　で？　どうすればいいの？
キキ　何でいきましょうか？
グルーバッハ夫人　何って？
キキ　占いの種類です。手相、人相、タロットカード、夢判断、中国占星術、制服占い、血液型占い、
エリセンダ　ちょっと待った。
キキ　はい？
エリセンダ　制服占いって何？
キキ　ああ、……二百着ほどの制服の中から好きな制服を一つだけ選んで着て頂いて、
グルーバッハ夫人　うん、
キキ　手相を見るんです。
グルーバッハ夫人　ああ。

短い間。

エリセンダ　ええ？
キキ　え？
エリセンダ　見るのは手相？
キキ　そうですよ。

エリセンダ　じゃあ制服は何？
キキ　看護婦、科学者、ボクサー、インド人、
エリセンダ　そういうことじゃなくて。手相見るのになぜボクサーの格好しなきゃいけないんですかって言ってんの。
キキ　あ、ですからボクサーの場合はグローブをはずして頂いて。
エリセンダ　（大声で）バカ！
マリネ　（制して）エリセンダさん。
キキ　（大声に驚いて）なんですか⁉
マリネ　酔ってるのよ。
エリセンダ　（キキにくってかかり）だって、必要ないでしょ制服は。
マリネ　（小声で）キキさんだからさ。
キキ　ですから、どんな制服を選ぶかによって……。

短い間。

キキ　（グルーバッハ夫人に）さ、どれにしましょうか？
マリネ　よってなんですか！
グルーバッハ夫人　だから占うんだろそれによって。
キキ　そうです。
エリセンダ　だって見るのは手相でしょ！
キキ　そうですよ。

グルーバッハ夫人　だからその人が一体全体どんな制服を選ぶのか、ね、それによって手相を見るんだよ。
キキ　そうです。
エリセンダ　それによってって言われても、つながらないもの制服と手相が！　じゃあナニ⁉　手相っていうのは着るものによってウネウネウネウネウネ変わっちゃうものなの？
キキ　（笑って）本気でおっしゃってます？
エリセンダ　あんたのおっしゃることがおかしいんでしょ！
キキ　え？
エリセンダ　え？
キキ　（教えてあげるように）手相は着るものによって変わったりはしません。
エリセンダ　わかってるわよ！

ふと見ると、扉の前にはエバが立っていた。

マリネ　（冷やかに）なに？
エバ　お話しちゅう申し訳ございません、クレメンタインお嬢様は。
マリネ　どうして？
グルーバッハ夫人　（二階を指して）部屋にいるよ。
マリネ　いいんですよ。そうだエバ、クレメンタインが怒ってたよ。
エバ　は？
エリセンダ　メリィが勝手に部屋に入って困るって。今度勝手に入ったら、親子ともども、なんだっけ、

マリネ　承知しないって。
エリセンダ　もっと具体的じゃなかったっけ。
マリネ　いいの。
エリセンダ　……いいならいいけど。
グルーバッハ夫人　（キキに）手相でいいや。

皆、その言葉でグルーバッハ夫人の方を見たが、すぐに興味をなくした。

キキ　左手を出してください。
マリネ　（エバに）ともかく怒ってたから。伝えたからねあたし。

このあたりでガスが洗面所から戻って来る。
キキは虫メガネを出してグルーバッハ夫人の手相を見始めた。

エバ　申し訳ございません。
マリネ　あたしに言わないでよ。
エバ　申し訳ございません。
グルーバッハ夫人　（エバに）可哀相だったね、メリィちゃん、犬。
エバ　はあ……。
ガス　犬？
マリネ　ワンワンうるさかったから丁度よかったよ、ねえ。

エバ　すみません。
グルーバッハ夫人　丁度よかったってあんた、
ガス　犬がどうかしたのかよ。
グルーバッハ夫人　アイアン・ビリーの奴がゆうべまた酔っ払って暴れて、ここんちの犬を撃ち殺したんだよ。
エバ　はい……。
ガス　え？（あまりのショックに一瞬絶句し）マジかよ。……犬って……ドナヒューちゃん？
ガス　可愛がってたろ、あんたの娘。
エバ　はあ……。
グルーバッハ夫人　そうなのよ。
チンピラA・B　（そのいい人ぶりにショックを受け）……。
グルーバッハ夫人　さっきもここでね……悲しそうな顔して、固ぁくなった犬のぬけがら抱きしめて。
キキ　（目をあげて）ぬけがら？
グルーバッハ夫人　なきがらか、なきがら抱きしめて。
エリセンダ　セミじゃないからね。
キキ　いやだ……想像してしまったわ犬のぬけがら。
ガス　くだらねえこと言ってんなよ！　それで？
グルーバッハ夫人　え？　ああメリィちゃん？　真っ赤な目をしてさ……「お墓を作ってあげるんだ！」って言って……ね、「おばさんスコップ貸してください！」「モシコンドおばさんて言うな！」
エバ　モシコンドおばさん？
マリネ　いいのよ！

エバ　申し訳ございません。
マリネ　グルーバッハさんもなぜそこをチョイスしますか。
グルーバッハ夫人　（意味がわからず）え？
マリネ　（説明するのがめんどくさく）いいです。
グルーバッハ夫人　ひどい男だよ……あんな奴、絞首刑に処して、留置所にぶち込んで、この店出入り禁止にしてやりゃいいんだ。
エリセンダ　絞首刑に処された時点でもう店には来られないからね。
マリネ　（エバに）でなにクレメンタインになんの用？
エバ　いえ、ちょっと。
マリネ　なによ……言えないようなことなの？

ガス、すすり泣いているような――。

チンピラA　ガスさん……！
チンピラB　ガスさん……!?　泣いてるんですか……!?
グルーバッハ夫人　（いつものことのように）すぐ泣くんだよ。

ガス、ボロボロ涙を流して泣いている。
エバ、思わずガスに気をとられていた。

チンピラA・B　……！

マリネ　（エバに）言えないことなのかって聞いてるんだよ！
エバ　（口ごもりながら）いえ、そういうあれでは
チンピラA　（不意に立ち上がり）あたい。
エバ　（瞬発的に）はい？
マリネ　（エバに）いちいち気をとられない！
エバ　申し訳ございません。
チンピラB　（Aが、尋常ではない様子で歩き出すので）おい。
チンピラA　（Bの手を振り払って）るせえ！

チンピラA、ガスに歩み寄った。

チンピラA　……あんたを見損なったよ……。
ガス　……。

さすがに皆、チンピラAを見た。チンピラAがそのまま店を出て行こうとしてドアを開けたその時、アイアン・ビリーの女房であるカミーラが大きな荷物を手に抱えて入って来た。
カミーラ、チンピラAが自分の為にドアを開けてくれたものと思ったのだろう、丁寧に頭を下げた。

カミーラ　ありがとうございます。
チンピラA　……。
マリネ　あ。

グルーバッハ夫人　あら。（笑顔で）こんにちは。
カミーラ　（小心そうにヘコヘコしながら落ち着かぬ様子で）どうも。あの……主人来てませんよね。
マリネ　いえ。
エリセンダ　なんなのよ今日は。
カミーラ　ええ、ああ、それはいいんです、しょっちゅうですから。
グルーバッハ夫人　なにビリーさんも帰ってないの？
カミーラ　はあ、あの、ゼペットさんは？
グルーバッハ夫人　うちのもなんだよ。
マリネ　父もゆうべから出かけてて。
カミーラ　そうなんですか……。
エリセンダ　消えたみたいなのよ。
カミーラ　はい？
エリセンダ　この村から。男が全員……。
グルーバッハ夫人　（笑って）なに言ってんだよ。
マリネ　酔っ払ってるんです。
カミーラ　はあ、あの、これ。きのう主人が割った分です。割りましたよね、どうせ……。
マリネ　……ええ……。

カミーラ、荷物の中から皿やらグラスやらを出して、次々とカウンターの上に並べ始めた。

マリネ　すみませんね毎日毎日。

カミーラ　いえ、連日連夜本当に御迷惑をおかけして。
グルーバッハ夫人　いや、でも悪気はないんだから、しょうがないよ男はね。
カミーラ　（並べながら）本人にはまったく記憶がないみたいで。
グルーバッハ夫人　じゃあ仕方ないよ、責めらんないよ。
カミーラ　（まだ並べながら）飲むなら家で飲むようにと言ってるんですけど。
グルーバッハ夫人　そういうわけにもねえ、男はやっぱり家でまったり飲むより、こういうとこでパーッとあれしたいもんだよ。
カミーラ　はあ……。

グルーバッハ夫人がふと見ると、エリセンダが、「よく言えたものだ」と言わんばかりのマナザシでじっと見ていた。

グルーバッハ夫人　なんだよ……（マリネに）店だってねえ、飲みに来てもらった方がそりゃありがたいよねえ。
マリネ　（冷たく）そうだすね。
グルーバッハ夫人　なにさ……。（じっと虫メガネを覗いているキキに）ねえあんたいつまで見てるのよ。まだかい。
キキ　ああ、ボォッとしてました。
グルーバッハ夫人　え。
カミーラ　ホントに、家に閉じ込めたいくらいなんですが、申し訳ありません。
マリネ　そうじゃないんですよ。

カミーラ　なにしろアイアンなので、力が強くて、
マリネ　いえいえ、（目の前にズラリと並んだ食器類を見て）わ！　ビリーさん、昨日はこんなにお割りになってませんでしたから。
カミーラ　いえ、どうせ今夜も割らせて頂くでしょうし。
マリネ　そうなんですけどね……。すみませんなんか。
カミーラ　すみません。
マリネ　いえかえって申し訳ないくらいで毎日毎日。
カミーラ　あさってくらいの分までこれで足りますでしょうか。
マリネ　いえもう充分ですよ。（冗談めかして）じゃあもう、私も割っちゃおうかしら。
カミーラ　（喜んで）じゃ私も。
マリネ　そうですよ。（一つを手に取って）いいものなんでしょ？
カミーラ　ええ、せめてそれだけはと思いまして、これなんてね、ロイヤルドルトンという工房のマニアたれつばの一品でしてね、人によってはいくら出してもかまわないっていうくらいのもんなんですよ。
マリネ　いやー、すみませーん。（二人、オホホと笑う）
エリセンダ　バカじゃないの。
マリネ　エリセンダさん。
エリセンダ　だって割るんでしょ、すぐにビリーさんが。
カミーラ　すみません、お酒を飲むとどうしても、
エリセンダ　いやそういうことをあれしてるんじゃなくて、割れるのよどうせすぐ！　割れるものにそんなにお金使うんなら、

グルーバッハ夫人　なに？　だったら私が割れてやるって？

グルーバッハ夫人、マリネ、カミーラ、笑った。

エリセンダ　そんなこと言ってない!!
グルーバッハ夫人　（キキに）ねえちょっと、どうなのよ。
エリセンダ　もう！
キキ　（グルーバッハ夫人の掌をじっと見つめて）これ……。
グルーバッハ夫人　え？
キキ　（チンピラＡに）あなた。
チンピラＡ　え？
キキ　（再びグルーバッハの掌を見つつ、チンピラＡに）よくないことが起こります。充分気をつけてください。
チンピラＡ　え……!?
グルーバッハ夫人　（呆然として）あたしの手だよ。
エリセンダ　へんよみんな。
キキ　それから……（とマリネを指して）
マリネ　……なんですか!?
グルーバッハ夫人　いやあたしの手なんだからさ。
チンピラＡ　（不安になりつつ）くだらねえこと言ってんじゃねえぞ……。
マリネ　（緊張して言葉を待つが）

キキ　なんでもありません。（と掌に目線を戻した）
マリネ　（すごく気になって絶叫し）　なによぉ!!
キキ　なんでもないんです。
マリネ　だって……。
グルーバッハ夫人　ねえ……あたしの手で人の運勢見ないでくれよ。あたしはどうなんだい。
キキ　ちょっとお待ちになってください。
グルーバッハ夫人　あたしの手なんだからね。
キキ　すぐですから。
グルーバッハ夫人　（なんだか納得いかず、チンピラAとマリネに）　二人から、あとで三百ペチカずつもらうからね。
チンピラA　なんでだよ！
キキ　グルーバッハさんは……火傷に気をつけてください。
グルーバッハ夫人　火傷？　火傷なんてあっちぃ!!
ガス　なんだよ。
キキ　あ。

虫メガネの集光がグルーバッハ夫人の掌を焼いたのだ。
グルーバッハ夫人、よほど熱かったのだろう、悲鳴をあげながら床の上を転げ回った。

マリネ　やだ当たった……！
ガス　掌から煙出てっぞ！　冷した方がいいよ！

グルーバッハ夫人　熱いいい！

グルーバッハ夫人、猛ダッシュで洗面所へ。

ガス　（その背中に）平気かよ！　なんかあったら呼べよ！
マリネ　……当たったわ本当に。
カミーラ　すごいですね……！
ガス　すごいすごい！（拍手）
キキ　（照れて）まぐれです。
エリセンダ　（ヒステリックに）まぐれも何もわざと焼いたんでしょ虫メガネ！
キキ　違います！
エリセンダ　あんなんだったらあたしだって出来るわよ。あのね、キキさんはね、足に気をつけてください。（と言うなり思いきりキキの足を踏んだ）
キキ　痛！
エリセンダ　ね。

満足の笑みを浮かべるエリセンダに殴りかかろうとするキキを、ガスが後ろからはがいじめにして止めた。

ガス　やめなよ。

エリセンダ、さっさと離れた場所へと歩いて行った。

キキ　足を踏んだんです！（エリセンダを指して）あの人です！　あの人がわたくしの足を踏みました！
ガス　知ってるよ見てたから。だけどあんたいたずらに手を汚すことねえだろう！
チンピラB　（突如爆発して）あんたが言う手を汚すってのはこの程度のことなのかよ！（チンピラAに）行こう！
チンピラA　ああ。
カミーラ　それじゃあ私もこれで。
エバ　私も。
ガス　待ちな！

行こうとした四名全員が立ち止まった。

ガス　（カミーラに）あんた、割った皿弁償すりゃそれで済むとでも思ってんのかい？
カミーラ　はい？（とマリネを見た）
マリネ　（ガスに）済むんだよ。（カミーラに）充分です。
ガス　ドナヒューちゃんは！
マリネ　え。
ガス　犬！（エバに）あんたもなんか言えよ！
エバ　ああ、いいんですあれは。
カミーラ　（エバに）犬が何か。

エバ　いいんです。
ガス　よくねえだろうよぉ！
マリネ　ビリーさんがゆうべね、ここのうちの犬を撃ってくだすったんですよ。
カミーラ　え……！
キキ　あ、さっきの死んでた犬ね。犬の死体。
カミーラ　うちの主人が……!?　お宅のわんちゃんを……!?
エバ　はあ……。
カミーラ　なんてことを。
キキ　撃ったって言っても相手は死体ですからね。
エリセンダ　撃たれる前は死体じゃなかったのよ！
キキ　わたくし触ってしまって！
エリセンダ　聞いちゃいない。
カミーラ　申し訳ありません本当に。
エバ　いえ。
ガス　娘がよ、すっげえ可愛がってたんだよ！
カミーラ　そうなんですか。
マリネ　拾って来た雑種ですよ。
カミーラ　（一気に楽になって）そうなんですか。
ガス　そういうことじゃねえだろう！
カミーラ　（エバに）すぐに弁償しますから。
エバ　いえとんでもありません。

カミーラ　犬がいいですやっぱり？　うちにね、沼だぬきっていう、世界に五十匹ほどしかいないといわれる、珍しい動物がいるんですよ。
マリネ　（感心して）あら。
カミーラ　捕獲禁止になってるんですけどね。
ガス　（半泣きで）犬じゃなきゃ駄目だ！　ドナヒューちゃんじゃなきゃ駄目なんだよ！　わかってんのか、あんたの旦那が撃ったんだぞ！
カミーラ　じゃあ、メリィちゃんにうちの沼だぬき撃ち殺してもらうっていうのは？
ガス　それ意味ねえ！　っていうかそういう残酷なこと言うなよ！（ほとんど泣いている）
カミーラ　おっしゃってることがよくわからないけど、とりあえずじゃあ、

カミーラ、財布を出した。

カミーラ　三十ペチカで足りるかしら。
エバ　いえホントに、頂けません。

ガス、カミーラに歩み寄り、財布を奪った。

マリネ　ちょっとあんた何するのよ。
カミーラ　なんですか。

ガス、カウンターの傍に置いてあった痰壺を持って来ると、テーブルの上に乱暴に置いた。

マリネ　ちょっと、そんなものそんなとこに置かないでよ、汚ない！
ガス　るせえ！

ガス、ポーズをとるとクルリと回転し、痰壺の中に痰を吐く。続いて、カミーラの財布の中の札、小銭、そして財布自体を痰壺へ――。

沈黙。

ガス　ほら……返すよ……ほら……どうぞ……。

チンピラ達、少しガスを見直した。

マリネ　ガスちゃん。
ガス　うるせえ！　ひっかけっぞ！（カミーラに）ほら……早く取れよ……こうやって手を中に入れてよ……。

そう言いながら、ガス、自分の手を痰壺の中へ突っ込んだ。

人々　！
ガス　……ほら……こうやって……取れっつってんだよ……早くほら……お返ししますって言ってんだよ……ほら……聞こえねえのかよ……。取れよこうやって！　取れよ！　取れっつってんだろ！

もはやガスの手は痰まみれになっていた。
周囲の者達、呆然として見ていた。
階上にクレメンタインが現れた。

クレメンタイン　何してんの……！
ガス　ほら！
キキ　うっ！

キキ、吐き気を催したのだろう、口を押さえて洗面所へ走り去った。

エリセンダ　（チンピラ達に）これなんとかしなさいよ！
チンピラA・B　（首を振って後ろを向いた）
ガス　（徐々に再び涙声になって）返すって言ってんだろ……ほら……取れよ。
ガス　なんで取らねえんだよ……！　なんで……なんでわかってやれねえんだよ……！　わかってやれよ……！　なあ……！　あの娘とあの犬、いつも一緒だったじゃないかよ……！　知ってんだろ！　あんなに可愛がってたんだぞ……わかってやれよ、犬だって人間だろ！
カミーラ　（言いにくそうに）……犬は犬ですけど。
ガス　だから！
カミーラ　わかります、言いたいことは大体わかります。
ガス　（痰壺を両手で抱え、口元に持ってゆき）飲むぞ！

カミーラ　（必死に止めて）飲まないで！
ガス　飲む！
カミーラ　（絶叫して）やめてぇ！　飲まないで！　わかりました、わかりましたから……。
ガス　謝るか娘に……！
カミーラ　謝ります。謝りますから……（小さく）飲まないで。
ガス　気持ちをよ……気持ちをわかってやれっつってんだよ！
カミーラ　そうですね気持ちです、気持ち。飲まないでほしいっていう。
ガス　娘の気持ちだよ。
カミーラ　わかってます。
ガス　……ホントに？
カミーラ　ホントです。
ガス　……わかりゃいいんだよ……。
カミーラ　……。
ガス　ごめんよ……悪かったよ……ごめん……。
カミーラ　いいえ……。

ガス、カミーラに痰まみれの右手を差し出して握手を求めた。

カミーラ　……！

少しの間。

カミーラ、左手と握手しようとして左手を差し出したとたん、ガス、その手を両手で握った。

カミーラ　……。
マリネ　エバ。
エバ　あハイ。（痰壺を手に、カミーラに）洗ってまいります。
カミーラ　すみません……。

エバ、洗面所へと去った。

ガス　（カミーラに）あんたも手ぇ洗って来た方がいいよ。
マリネ　（ガスに）あんたもよ！
ガス　ってるよ。（なんか、いい感じでカミーラに）行こう。
カミーラ　はあ。

ガスに幻滅しきったチンピラA・B、店を出て行こうとしていた。

ガス　待てよ！
チンピラA　もうあんたの指図は受けねえ！
ガス　天ぷら？
チンピラA　言ってねえよ天ぷらなんて！　あたい天ぷらなんて一度だって言ってねえ！
チンピラB　大嫌いだよ天ぷらなんて！

ガス　バカヤロー！　おいしい天ぷらだってあるんだよ！　おめえらももう十三だろ！
チンピラＡ　十四だよ！
ガス　（一気にまくしたてて）だったらわかれ！　手を汚すのもいいたまには悪事だって必要さ言ってわからねえ奴には体に（と、ここで息が続かなくなってブレスをし）教えてやるがいいさだけどな……！　……（苦笑して）息が続かなかった……だけどな……わかれ……（とチンピラＢの肩に手をやり）人の幸せの為に自分を犠牲にする、
チンピラＢ　触んなよ！
ガス　自己犠牲の精神とかよ、十四ならよ、一日一善とかよ、気持ちだよ！　飢えた子供がいたら讃美歌唄ってやってよ、腹減ったとかぬかしたら、ぶん殴って、その分謝るんだよ、サンビカって！
チンピラＡ　言ってることわかんねえよ！
ガス　例えばだろ。（と触る）
チンピラＡ　（ので）触んなってば！
カミーラ　先行ってますね。（と洗面所の方を指す）
ガス　ああごめん。（チンピラ達に）ちょっと待ってな。一緒に帰ろう。（カミーラに）お待たせ。

ガス、カミーラ、洗面所へ。
そこには、マリネ、エリセンダ、クレメンタイン、チンピラＡ・Ｂが残った。

クレメンタイン　（エリセンダに）何が起こってたの？
エリセンダ　説明したくない。
クレメンタイン　……義姉《ねえ》さん。

マリネ　なに？
クレメンタイン　カトリーヌが出てくってさ。
エリセンダ　え？
マリネ　どういうことよ。
クレメンタイン　知らないわよ出てくって言うんだもの。今荷物まとめてる。
マリネ　そんな、急に。
チンピラB　ぶっ殺してやる……。

マリネが階上へ行こうとすると、荷物を持ったカトリーヌと、それを見送るデボアが現れた。

デボア　思いきったたっていうのはあれよ、ホメてるのよ。
カトリーヌ　わかりましたから。
デボア　あたしなんか、出てく出てくって言いながら結局は骨うずめちゃうクチなんだから。
マリネ　（カトリーヌに）どうしたの急に。
デボア　出てくんだって。
カトリーヌ　ごめんなさい。一晩考えて結局そうすることにしました。相談しようとも思ったんですけど、こういうことってあたし昔から周りにいろいろ言われちゃうとうーんとか思ってそれで十年二十年経っちゃうんで。
マリネ　だけど
カトリーヌ　（遮って）んん、別に何があるから今日ってことじゃないんです、何があるから今日ってことじゃないんですけど、昨日ステファーニアが荷造りしてるのを見てて、すごい嬉しそうで、なんだか、歩いても音がしない感じっていうか、わからないけど、なんかああいいなって、いいなっていうか腹立つなぁって思って。なんでこんな女があたしより幸せになるのかしらって、んん、わかんないけどね彼女が今、この村を出て行った彼女が本当に幸せなのかどうかなんて……ええ。
エリセンダ　……いいんじゃない？
デボア　いいも悪いもね。
カトリーヌ　勝手だとか思われても全然いいと思ってるんで。むしろそのくらい思ってもらわないとつじつま合わないような気もするし。ま確かにつじつまが合やぁいいのかっていうとそういうことでもないのかもしれないけど、でも
クレメンタイン　（イライラして）行きゃいいじゃないの聞いてないわよ誰も。
デボア　聞いてはいるんだけど、追いつけない。
カトリーヌ　お世話になりました。
マリネ　いいと思うわよあたしも。あなたが考えてあれしたんだったら。
クレメンタイン　うんハイさようなら。
マリネ　（クレメンタインの言葉には反応せず）だけど今、父さんもいないしさ、なにも今日……、
クレメンタイン　（グダグダとした口調で）いいわよ。んな父さん○×△□。（何を言っているのかわからない）
カトリーヌ　（出入り口に向かい）さようなら。
エリセンダ　元気でな。
カトリーヌ　それはわかりませんけど。
エリセンダ　……。
デボア　待って。

クレメンタイン　なによ。

デボア、蓄音機の上のレコードを別の盤に替えた。
グルーバッハ夫人が洗面所から戻って来る。

クレメンタイン　（デボアに）なんなのよ。
デボア　（レコードの上に針をのせ、カトリーヌに）お別れに……一曲唄いそう。
クレメンタイン　なによ唄いそうって。

音楽が流れ始めた。

グルーバッハ夫人　え、唄うのかい？
エリセンダ　（デボアを真似て）あたしもお別れに、もう一杯飲みそう。
グルーバッハ夫人　（洗面所に向かって）ちょっと、なんか唄うみたいだよ！

「ローハイド」を唄うデボア。
途中からはコーラスもする人々。（ガス、カミーラ、エリセンダ、グルーバッハ夫人、キキ、非協力ながらもクレメンタイン）
ガスはムチでも演奏に参加する。
階上にも娼婦然とした女達が現れる。
間奏ではハモニカを吹くリトルチビの後ろを、スコップを手にしたメリィが犬を抱えて通り過ぎて行く。また、何をさまよっているのか、保安官の娘のクローディアもだ。

やがて唄は終わった。

拍手をする者、歓声をあげる者、笑う者、そっぽを向いて黙る者、いろいろだが、そんななか、エルザがかっこよさげに入って来た。とたんにスウィングドアが壊れて、

グルーバッハ夫人　……誰だい？

エルザ　あ。……壊れた……取れちゃった……。ドア。そんなに強くやってないのに。ねえこれ誰か、ちょっと。

皆、見たこともない人間を疎外するような視線で凝視している。西部劇映画で、酒場によそ者が現れた時に大抵そうであるように——。

エルザ　……。ここに置こうかな……。

エルザ、そんなことを言うとドアをそのへんに立て掛けて、カウンターへ。

エルザ　ウィスキーもらおうか。

と、その時、カトリーヌが出て行った。

カトリーヌ　それじゃあ。（と追った）
マリネ　送ってくよ。（拒否して）いいですよ。
カトリーヌ　（拒否して）いいですよ。
マリネ　そこまで。（追って去った）
クレメンタイン　（マリネに）ちょっと、店！
エルザ　（相手にされず）……。

キキ、何を思ったのか小走りにカウンターの中へ。

キキ　ようこそいらっしゃいまし。
エリセンダ　なんであんたがやるのよ。
キキ　今だけです。何にいたしましょう。
エルザ　だから、ウィスキー。
キキ　かしこまりました。（どれがどの酒かまったくわからず、エルザに）どれでしょう。
エリセンダ　わからないいんじゃない。カウンターの上スーッていうのやりたいだけなんでしょ。
キキ　はい。
エリセンダ　あたしやるわよ。
キキ　作ったらわたくしに。
クレメンタイン　（エバに、ドアを）直しなさいよ。
エバ　はい。
キキ　作ったらわたくしに。

エリセンダ　わかったわよ！
エルザ　（店内を見回して）アイアン・ビリーはまだ来てないのかしら……。
人々　……。
エルザ　来ていないみたいね……。女ばっかりだもんね……。
ガス　誰だあんた……。
エルザ　（それには答えず）妙だわ……こんな酒場見たことない……女しかいないなんて……。
ガス　誰だって聞いてんだよ……！
エルザ　その前にあたしが「アイアン・ビリーはまだ来てないのかしら？」って聞いたでしょ。一番二番じゃない。（と、まず自分を、次にガスを指した）
ガス　だってそれには来てないみたいねって自分で答え出してたじゃねえかよ。だからもういいのかなって思ったんだろ。（とまともに対応した）
カミーラ　（割って入り）ビリーの……アイアン・ビリーの家内ですけど。
エルザ　奥さん……!?
カミーラ　主人に何か……？
エルザ　（当惑し）……奥さんには用はないよ。
カミーラ　主人が何か御迷惑を。
エルザ　いいのよ奥さんは……。へえ……こんなに大きな奥さんがね……。困ったな……奥さんは、ビリーさんが来るまでいるの？
カミーラ　どうしてです？
エルザ　いや……だってね、いくらおっきくたって……（言おうとした言葉を飲み込んで）なんでもありません。

カミーラ　はい？
エリセンダ　はい。ウィスキー。
キキ　わたくしが。

キキ、エリセンダの手からグラスを奪うと、目を輝かせてエルザに向かってグラスを滑らせようとした。
と、エリセンダ、それを制し、エルザに向かって手を出した。

エリセンダ　十五ペチカ。
クレメンタイン　（強く）二十ペチカ。
エリセンダ　……二十ペチカ。
エルザ　二十ペチカね。（と払おうとした）
クレメンタイン　三十ペチカ。
エルザ　……三十ペチカ。
ガス　（エルザのセリフにかぶって）三十三ペチカ。
エルザ　三十三ペチカ。
クレメンタイン　三十七ペチカ。
エルザ　三十七。
キキ　五十ペチカ。
エルザ　セリじゃないんだからさ……。

沈黙。

エルザ　チャリティーオークションじゃないんだからさ。

沈黙。

エルザ　なんか反応してよ。

キキ、どんな反応をしようかと逡巡したあげく、両手をあげた。

エルザ　どういう反応よ……。
クレメンタイン　二十ペチカ。
エルザ　二十ペチカね。（と懐《ふところ》を探り）ごめんサイフ忘れて来ちゃった。

キキがズッコけたりしたので、

エルザ　（キキを指し、クレメンタインに）今この人微妙にズッコけてたよ。
エリセンダ　（無視して、なおも）二十ペチカ。
エルザ　だから忘れた。
カミーラ　私払います。
エルザ　いやそれはダメ。
カミーラ　主人のお知り合いみたいですし、ごちそうします。

エルザ　いやダメダメ、他の人ならともかく奥さんはまずい。
カミーラ　どうしてですか。
エルザ　まずいまずい。誰か他に、借してくれる人。明日必ず返す。

誰も何も言わない。

エルザ　（なんとなくキキを見るが）
キキ　（首を振った）
エルザ　じゃ……キャンセル。
キキ　ダメです。

間。

エルザ　（仕方なくカミーラに）ごめんなさい。二十ペチカ。
カミーラ　いえ。ちゃんと洗いましたから。新二十ペチカ玉。（と払った）
キキ　（店員をやるのが嬉しくて仕方なく）ありがとうございました。
エルザ　すみません、なんか、ああ……！

エルザ、自らの腑甲斐なさを責めるように頭を抱えた。と、その時、エバの姿が目に入ったのだろう、見覚えがあるかのような声を出す。

エルザ　あ……。
キキ　（グラスをエリセンダに渡すまいと両手で包み）わたくしが。
エリセンダ　わかったわよ。

キキ、駄ジャレではないが、嬉々としてウィスキーをカウンターに滑らせた。
エルザはエバをじっと見ている。

エバ　……なんでしょう……。
エルザ　あんた……ゆうべ犬を撃ってた人だ。
人々　……⁉

一斉にエバに向けられた人々のマナザシの中で、クレメンタインのそれだけは、明らかにすべてを知ってる風なのだった。

エバ　（動揺を隠せず）……は？
エルザ　撃ってたでしょ犬。ゆうべ。
エバ　なんのことでしか？
エルザ　（笑って）でしかだって。そこの、離れの犬。
エバ　（クレメンタインを見た）
クレメンタイン　（呆れた風で）バカ……。
エルザ　ものすごい顔して撃ってたわよ。あれ自分でわかってる？　顔。もう犬死んでるのに、弾入れ替えてまた撃って。それもすごいけど、なにしろ顔がものすごいってことで意見が一致したのよ。
（カミーラに）じゃあすいません、頂きます。

エルザがカウンターの上のグラスを取ろうと手を伸ばしたその瞬間、信じ難いことだが、グラスは勢いよく滑ってキキの手の中に戻って行った。

エルザ　なんだ⁉

エルザ以外は誰一人として、当のキキでさえも、グラスの移動を見ていなかった。

キキ　（エリセンダに教えるように）犬って、もしかしたらさっきの死んでた犬のことじゃないです？
エリセンダ　だからそうよ！
キキ　（エリセンダの剣幕に驚いて）なんですか……。
ガス　どういうことだよ……！
エルザ　なに今の……⁉

エルザ、グラスに駆け寄り、手に取ってみる。唖然として周囲を見るが、皆、エバの一件に集中しており、誰一人としてエルザを見ていなかった。

グルーバッハ夫人　（エバに）……あんたがやったの？
クレメンタイン　（どうしてバレるようなドジを踏むんだ、とばかりに溜息をついて）もう、あんたは……。

エバ　（クレメンタインに）ですからそれをお伝えしておかないとと思いまして今あれしたんですが……。気配を感じたんですね。あれ、なんか見られてるんじゃないかこれはっていう、視線を感じたと申しますか……暗かったのに加えまして雨と雷の音がひどくてもうひとつあれだったんですけど、何か笑い声のようなクスクスッというような声が聞こえて、それからなんか「ものすごい顔だねぇ」とかなんとか言ってる声が聞こえて、それから足音のようなものがこうバタバタッと去って行きましたものですから、これはよもや見られたのではないかと

クレメンタイン　見られたのよ！

エバ　ええ、それで、やはりこれはお伝えしておいた方があれだろうと思いまして、お伝えしに参りまして、今お伝えして、お伝えし終わりました。

クレメンタイン　死んでしまえ！

エバ　申し訳ございません。

エリセンダ　（クレメンタインに）なに。

エルザ　（グラスに何か仕掛けがないか確かめながら）これ……。

エリセンダ　（さして責めるでもなく）あんたの差し金だったの？

クレメンタイン　そうよ。

エリセンダ　バレちゃったね。

クレメンタイン　いいのよバレたらバレたで。おやすみ。（と階上に向かった）

エリセンダ　寝るんだ。

カミーラ　（ある重みをもって）じゃあ……やったのは主人じゃなかったってことですか……？

クレメンタイン、足を止め、カミーラに、

クレメンタイン　そういうことにさせてもらうのが一番、なんていうの、納まりがよかったっていうの、ごめんなさいね。別にあたしが自分であれしちゃってもよかったんだけどさ、あのコちょっとここが足りないからさ、(エバに)ね……

エバ　……。

クレメンタイン　(強く)……ね!

エバ　(うつむいたまま)……。

クレメンタイン　ちょっとじゃないか、十六にもなっておといだかもションベンもらしてたし……ヘラヘラヘラヘラして……ね……そのクセ急に怒り出すしさ……よくわかんないのよ頭のおかしい奴のやることは、そうでしょ。だからほら、そんなのからヘタに恨み買っちゃうと何されるかわかったもんじゃないからね……まあ犬始末したくらいで小間使い風情に恨まれる筋合いもないいんだけどさ……。

カミーラ　(うつむいたまま)それはちょっとひどい話じゃありませんか?

クレメンタイン　だから謝ってんじゃない。

エルザ　(グラスをかかげ、皆に大きな発表をするように)今、大変なことが起こりました。

ガス　(無視して、クレメンタインに)撤回しろよ。

クレメンタイン　何を!

ガス　自分で考えろよ……!　だから……頭がおかしいとか(鼻を指して)ここが足りないとかだろ!

グルーバッハ夫人　ガスちゃんここ(鼻)じゃないここ(頭)。

ガス　っせえ！
エルザ　（誰も聞いてくれないので）皆さん、今、
ガス　（遮って）撤回しろよ！
クレメンタイン　撤回するのはいいわよ、そんなもんいくらでも撤回するけど、もう思っちゃってるからね。思っちゃってるのはこれどうしようもないわよ、そいでいい？　そいでいいなら撤回するけど。
ガス　そんな……！
エルザ　今、一度この人が滑らせたグラスが自然にまた戻っていきました。
キキ　嘘です！
エルザ　嘘じゃないわよ！（皆に）よくほら、よくほら、お味噌汁とかでもあるじゃないこう触らないのにスッて動くとき、あれかなとも思ったんだけど冷たいし違うみたいなの。
キキ　濡れ衣です！
エルザ　濡れぎ……すごいねって言ってんのよ。
ガス　テクニックだろ。
エルザ　テクニック？
ガス　んなもんテクニックさえ使やあ誰にだって出来んだよ。
エルザ　テクニ……んーん……（納得いかず）そうかなあ？
キキ　テクニックだなんて、わたくしそんな恐ろしいもの……！
クレメンタイン　おやすみ。
ガス　待てよ！　思うのもやめろ！
クレメンタイン　いやよ、思うのは自由でしょ。病人の看病しながら死んじまえと思うのも自由。死

んだ犬見て可哀相ねなんて言いながらざまあみろと思うのも自由。いいわよ、思うのやめますって言いながらバッカじゃないのやめるわけないだろって思うのも自由だから。
ガス　（先ほどのとは別の痰壺を手にして）……飲むぞ！
エルザ　え！　飲むの？　痰を？
クレメンタイン　飲めばいいじゃない。
ガス　……。
エルザ　（嬉しそうに）なんなのこの店は。そういった人が集まる店なの？
クレメンタイン　飲みなさいよ。
エルザ　（拍手）
クレメンタイン　ほら、早く。
エリセンダ　（クレメンタインに）やめなよバカ。
グルーバッハ夫人　ガスちゃん。（やめろ、の意で首を振った）
エルザ　え？　やらないの？
クレメンタイン　飲むって言ったんだからさ……武士に二言はないでしょ。
グルーバッハ夫人・エリセンダ　（思わずそろって）武士じゃないから。

間。

ガス、痰壺を置いた。

クレメンタイン　結局できないんじゃない……ガキ。
エルザ　飲まないんだ。

と、突然カミーラがガスを押し退けるようにして痰壺を手にすると、中の痰をグイグイ飲んだ。

皆　！

ガス　あんた……！　なんであんたが！

カミーラ、飲み終わった。

間。

エルザ　やなもんね実際やられちゃうと。

キキ、カウンターの中で嘔吐している。

エリセンダ　ちょっと……。

ガス　あんた……すげえよ！

カミーラ　（クレメンタインに）なめんじゃないわよ！

クレメンタイン　（ビビッて）別になめてなんか、あなたが勝手に飲んだんじゃない……。

カミーラ　ウチの主人がやったことだったら、あたし、なんだって償います。

クレメンタイン　悪かったわよ。

カミーラ　だけど、（口についた痰を手でぬぐい、すすって）犯してない罪をそんな風に当たり前に主人におっかぶせて涼しい顔してる人間あたしが許さない……！

クレメンタイン　涼し……こういう顔なのよ！　涼しそうな顔！

カミーラ、次の瞬間、うっと言って口を押さえ、洗面所へ。
ガス、バタフライナイフを出して、クレメンタインの方へ。
とその時、ガスのうしろからチンピラAが手を出した。

チンピラA　あたいが。
ガス　え？

チンピラA、ナイフを受け取ると、クレメンタインを見、次の瞬間、踵《きびす》を返してガスの腹をナイフでひと突き。
沈黙。

グルーバッハ夫人　……何やってんだよ……！

チンピラA、無言、無表情のまま幾度もガスを刺す。カウンターにいたエリセンダが蓄音機にもたれかかった為、針はレコードの上を一気に滑り、それでもターンテーブルは回り続けるので、以降、スクラッチノイズだけが聞こえてくる。

エルザ　ちょっとこれ……。
グルーバッハ夫人　違うよこれは……。
エルザ　違うの？　え、違うって何が？

グルーバッハ夫人　（笑顔で）この村で、こんなことが起きるハズないもの。

スクラッチノイズが徐々に高鳴ってくる。ガス、うずくまった。

ガス　痛え。

クレメンタイン、階上奥へと走り去った。

グルーバッハ夫人　違うだろ、だって、
ガス　痛え！
グルーバッハ夫人　やめとくれよ！
チンピラA　（ガスに、グルーバッハ夫人を指して）刺されたくなかったらこのババアをタテにしろよ。
グルーバッハ夫人　え？
チンピラA　（ガスに）ほら……刺すぞ、ババアの後ろに隠れろよ。
グルーバッハ夫人　（笑って）やめとくれよ。
エリセンダ　医者……キキさん、ボレーロさんを！

キキは答えず、カウンターの中にうずくまって嘔吐している。ガス、腹を押さえながら、四つん這いでグルーバッハ夫人の後ろに——。

グルーバッハ夫人　……！

チンピラA、高らかに、勝ち誇ったように笑った。

チンピラA　（笑って）刺していいんだなこのババアを。
エリセンダ　やめなさいよ！
グルーバッハ夫人　（なおも笑顔で）刺さないよ、刺すもんか……。

チンピラA、グルーバッハ夫人にナイフごとぶつかった。

グルーバッハ夫人　（悲鳴）
ガス　（断末魔の絶叫で）死にたくねえ！

高鳴るスクラッチノイズのなか、チンピラA、グルーバッハ夫人を刺した。何度も。
店の外に明かりが移る。血まみれのカトリーヌが悲鳴をあげて逃げて来た。

カトリーヌ　助けて！　助けて！

すぐ後を斧を手にしたマリネが追って来た。
マリネ、店へ入ろうとするカトリーヌの行く手をふさぐ。
カトリーヌ、追い込まれた。

店内の人々は気づいていない。
明かり、店内へ——。

エリセンダ　（チンピラAに）キチガイ！　エバ救急箱！
エバ　はい。

外へ出たエバ、カトリーヌとマリネを発見した。

エバ　！
カトリーヌ　助けて！
エバ　カトリーヌ⁉
グルーバッハ夫人　こんなの……こんなの……
マリネ　なんで出てくんのよぉ！
グルーバッハ夫人　（刺され、絶叫して）あああああ！

マリネが斧を振りかざして飛びかかって来ようとしたその時、エバ、エプロンの下に隠し持っていた銃を抜くと、至近距離でマリネを撃った。店内ではグルーバッハ夫人、店外ではマリネ、が、ほぼ同時に倒れた。

カトリーヌ　（エバに必死に手をのばして）医者を……苦しい……。

エバ、カトリーヌに銃口を向けると引き金を引いた。二発、三発。

カトリーヌ、絶命。店内のガスとグルーバッハ夫人もすでに息をしていない。

チンピラB　死んでるよ……。
チンピラA　（ガスの亡骸に）なにが自己犠牲だ……。ほら、死んだってよ、出来るのよホラ！　簡単よ、出来るのよ！　次は誰だ。
エリセンダ　キチガイ！　出てけ！
チンピラA　だと！
エリセンダ　（悲鳴）

チンピラAがエリセンダにナイフを振り下ろしたその時、一発の弾丸がナイフをはじき飛ばした。エルザの銃である。

チンピラA　！

鮮やかなガンさばきでさらに二、三発。チンピラA、倒れた。

エルザ　大丈夫、急所ははずしてあるわ……。

エリセンダ、倒れているチンピラAの体をゆさぶってみる。

エリセンダ　死んでるわよ！

エルザ　えー！　はずしたはずした！
エリセンダ　だって死んでるもの！
エルザ　あたしははずしたのに、そっちがずれたのよ！
エリセンダ　え？
エルザ　そこまでは責任持てない。

チンピラB、わっと泣くと、外へ逃げ去った。
キキがようやくカウンターから顔を出す。

キキ　（三つの死体を発見して）何やってるんですか！　……主人を！
エリセンダ　もう遅い。死んだのよ、人が、三人。
キキ　え……！

店外に明かり。
外では、エバが死んだカトリーヌの衣服や鞄からサイフやアクセサリー類を盗んでいた。で、持っていた銃を倒れているマリネの手元に置くと、ゆっくりと店の方へ歩き出した。
メリィが、物陰からその様子をじっと見ていたことには気づかずに――。
明かり、店内へ。

エリセンダ　さっきまでこの人達、笑ったり、怒ったりしてたのに……。
キキ　今は死体です……。

エリセンダ　よしてよ死体なんて言い方……。
エルザ　死ぬのよ、人はみんな……。
エリセンダ　わかってるわよそんなこと……。
エルザ　この村では、あまり人は死なないの……？
エリセンダ　何しに来たのあなた……。
エルザ　ビリーに……、アイアン・ビリーに会いに……。
キキ　早くこれ、片付けてください。（死体のことだ）
エリセンダ　（エルザに）来ないわよ……。
エルザ　え……!?
エリセンダ　アイアン・ビリーは来ない。
エルザ　だって、毎晩この店で……。
エリセンダ　みんな、どこに行っちゃったんだろう……賑やかだったのに……みんなどこかに行っちゃったわ……。
エルザ　いつ。
エリセンダ　ずっと前よ、もう、何年も前。
キキ　汚いわ、早く片付けないと病気になってしまう……。そういう病気があるんです……！
エリセンダ　（キキを指してエルザに）この人は毎日、患者が待っていると言ってこの店に来るの。御主人を探しに。もう、どこにもいないのに……。
エルザ　え……。
キキ　います！
エリセンダ　そうね……。

キキ　います！

そこに、つい数十秒前とは打って変わった恐怖の表情でエバが駆け込んで来た。

エバ　（悲鳴）
エリセンダ　なに⁉
エバ　マリネお嬢様と……カトリーヌ様が……！

部屋の風景、止まった。
明かり、外へ。
立ちすくんでいるメリィの傍らで、死んでいたように見えたマリネの死体が動いた。

メリィ　……。
マリネ　最低の女だよ……あんたの母さんは……。

瀕死のマリネ、震える手で落ちていた銃を拾うと、撃鉄を引き、銃口をメリィに向けた。

メリィ　……。

マリネ、引き金を引いたが、もう弾は入っていなかった。

マリネ　……！
メリィ　……薄汚ない女なのよ、おばさん達は……母さんが言ってた……。
マリネ　……。
メリィ　ドナヒューと一緒に埋めてあげる。

メリィがスコップを振り上げたその刹那——。

暗転。

闇の中に響くゴンッゴンッという、シャベルと頭蓋骨がぶつかり合う音が、やがてグシャ、グシャ、という音に変わった——。

3・すべての犬は天国へ行く

数ヶ月後のある日。

時刻は太陽が沈み始めるまでにあと数十分を残した頃である。

神妙な面持ちで、テーブルを挟んで座っているのはエルザとクローディア。カウンター席にクレメンタイン。

カウンターの中には誰もいない。

エルザ　撃たれたとか刺されたとかじゃなくて、首を絞められてるって感じの声だった。
クローディア　それは、確かに父の声だったんですか？
エルザ　うん、「助けてくれーっ」って。
クローディア　間違いなく父が殺された日なんですね？
エルザ　そうそう、あの日ね、あたし、天気よかったからホラ、ムカデ堂の裏に、小川が流れてるでしょ。
クローディア　ムカデ堂？
エルザ　パン屋。知らないムカデ堂？　おいしいよパン。
クローディア　知りません。
エルザ　あそう、クレメンタイン知ってるでしょムカデ堂。
クレメンタイン　うんよく行く。
エルザ　おいしいでしょパン。

クレメンタイン　おいしい。
エルザ　ほら。おいしいのよ。
クローディア　それで？
エルザ　その裏の小川にせせらぎを聞きに行った帰りだったのよ。
クローディア　せせらぎですか。
エルザ　うん、よく聞きに行くんだけどね、それで帰りにさ、あなたの家の馬小屋あるじゃない、
クローディア　ありません。
エルザ　ないんだ。納屋は？
クローディア　ありますけど。
エルザ　じゃあ納屋から叫び声がしたのよ。
クローディア　じゃあ？
エルザ　（クレメンタインに）じゃあなんて言ったあたし。
クレメンタイン　言ってない。
エルザ　言ってないって。
クローディア　……。
エルザ　疑ってるの？
クローディア　……だって、
エルザ　いいのよ、だったら別に、あたしは。せっかく協力してあげてるのに……。
クローディア　すみません。ごめんなさい。
エルザ　嘘ついたってしょうがないじゃない。
クローディア　そうですよね、すみませんでした。

エルザ　疑わない？
クローディア　疑いません。
エルザ　うん。間違いなく保安官の声だったわよ、「殺されるー」って！　苦しそうに、「殺されちまうー」だったかな？　いや、「殺され、てゆくー」……「殺されるー」、「ころさるれー！」
クレメンタイン　何よころさるれーって！
エルザ　ころさるめか、「コロサルめ！」
クレメンタイン　コロサルって何。
エルザ　え　コロコロした猿？
クレメンタイン　ああ襲って来たんだコロコロした猿が。
エルザ　知らないわよ言ってたんだもん、そうなんじゃない？
クレメンタイン　「コロサルめ」って？
エルザ　「コロサルめ」って。
クローディア　……。
エルザ　疑ってるでしょ。
クローディア　疑ってません。
エルザ　疑えよ。
クローディア　……。
クレメンタイン　ホントに言ったと思ってんだ、コロサルめなんて。
エルザ　っていうかコロサルなんて猿いないよ。
クローディア　……。
クレメンタイン　パン屋にムカデ堂なんて名前つける経営者はいない。

明らかに酔ったエリセンダが酒瓶片手におぼつかぬ足取りで階上に現れたが、誰も気づかない。

エルザ　あとせせらぎは聞きに行かないな。そんなことするくらいなら自分でせせらぐ。
エリセンダ　どうやってよ。
エルザ　あ酔っ払い。
エリセンダ　せせらいでごらんなさいよ。
エルザ　わ、タチ悪い。
クレメンタイン　（クローディアに）第一さ、この人、あの日、まだこの村にいなかったじゃない。
エルザ　（クローディアに）保安官にも会ったことないし。……わかってるんでしょ？　ねえわかってるのよねあなたは、わかってて毎日嘘の証言を聞きに来てるんでしょ？
クローディア　わかってません。
エルザ　わかってませんて、わかってるよ、毎日毎日こうやって、どう考えてもデタラメな証言聞かされてるんだから。昨日のこの人（クレメンタイン）の証言なんて宇宙人出て来ちゃってたじゃない。
クレメンタイン　土星人ね。
クローディア　ですから今日こそは本当のことを言って頂けるんじゃないかと、
エルザ　もう言わないと思うよ本当のことは。土星人まで出て来ちゃったら。今もう、村中の人があなたに嘘の証言するの楽しみにしてるんだから、いいヒマつぶしだって。
クローディア　なかには嘘もあるかもしれませんけど、誠意をもって聞いてまわればきっと、
クレメンタイン　っていうか何もないから。っていうか保安官殺されたんじゃないから。自殺だから。

エルザ　っていうか保安官なんてもうとっくの昔に
クレメンタイン　なに⁉

とクレメンタインがすごい目で見たのでエルザ、言いかけた言葉を飲み込んだ。

エルザ　いい。
エリセンダ　ねえ。
エルザ　え。
エリセンダ　せせらいでごらんなさいよ。
エルザ　まだ言ってる。

そこへカミーラが、あの日と同じように大きな荷物を持ってやって来た。

カミーラ　こんにちは。
エリセンダ　こんにちは。
クレメンタイン　（見たが、何も言わない）
カミーラ　主人来てませんよね。
エルザ　また奥さんか……。
カミーラ　（エルザに）こんにちは。（クローディアに）こんにちは。
エルザ　また昨日より少し大きくなったんじゃありません？
カミーラ　だといいんですけど。

エルザ　え⁉

カミーラ　ゼペットさんは？

クレメンタイン　いないわよ。

カミーラ　そうですか。

エリセンダ　消えたみたいなのよ。この村から、男が全員。

クレメンタイン　ゆうべ店の改装のことで出かけたっきり。

エルザ　（含みのある口調で）店の改装ね……。

クレメンタイン　なによ。

エルザ　いやいや、いつ改装されるのかなぁと思って……。

クレメンタイン　（強く）え？

エルザ　いい。

クローディア　カミーラさん。

カミーラ　はい。

クローディア　父が殺された日のことなんですけど。

カミーラ　ああはい。

クローディア　ちょっとしたことでいいんです、何か覚えてることがあったら、

カミーラ　そうそう、言おうと思ってたの。

クローディア　（駆け寄って）なんですか⁉

カミーラ　あの日わたし地底人にさらわれてね、

クローディア　もういいです。

カミーラ　これ、ゆうべの分なんですけど。

と、例によって包みから出した新品の皿をカウンターに並べ始めた。

エルザ　（カミーラに）今夜は待たせてもらうわよ。
カミーラ　（クレメンタインに）マリネさんは？
エリセンダ・エルザ　（クレメンタインを見た）
クレメンタイン　出かけてる。もうすぐ戻ると思うけど。
カミーラ　そうですか。
エルザ　（エリセンダを見たが）
エリセンダ　（目をそらした）

エリセンダ、レコードに針を落とした。
音楽が流れる。

エルザ　（エリセンダに）ねえ。
エリセンダ　え？
エルザ　ちょっと。（と外を指す）
エリセンダ　なによ。（クラリとよろけて、目をこすりながら）あ……二重に見える。カミーラさんが二人に見える。（指さして）カミーラさんAカミーラさんB。
カミーラ　大丈夫ですか？

エリセンダ　クレメンタインも。
クレメンタイン　二人いる？（手を振り）こんにちは、（別の声色で手を振り）こんにちは。
エリセンダ　（指さして）クレメンタインA、般若B。
クレメンタイン　なんで片っぽ般若なのよ！
エルザ　（エリセンダに）ねえ。
エリセンダ　（エルザに）なによあなた達。
エルザ　ちょっと来て、せせらいであげるから。私、達が。
エリセンダ　嘘。
エルザ　嘘言ったってしょうがないじゃない。（クローディアに）ねえ。
エリセンダ　勝手にせせらげば。
エルザ　いいから。命の恩人がせせらいであげるって言ってんだよ。（別の声色で）しかもあたしはあなたの命の恩人で、なおかつせせらいであげるとまで言ってるんだから。
エリセンダ　あ言葉まで二重に。

エリセンダ、なんだかんだ言いながらエルザについて店を出て行き、外のベンチへ。

カミーラ　（出て行ったエリセンダの背を見送り、クレメンタインに）大丈夫ですかね。
クレメンタイン　さあ。おそらく間もなく死んでしまうのではないですか。楽しみ。

明かり、ベンチの二人へ。

エリセンダ　なによ。
エルザ　この村はなに⁉
エリセンダ　この村はこの村よ。この村があのウィンナーソーセージだったらあの村は？　どのウィンナーソーセージ？
エルザ　クレメンタインの姉さんは死んだでしょ。
エリセンダ　……。
エルザ　なんで急に黙るの？　今までウィンナーソーセージの話をしてた人間がなぜ急に黙るんですか？　死んだでしょ三ヶ月前に。ちょうどここら辺で。なんで毎日毎日出かけてるなんて言ってんの？　まあ出かけてるって言やあ出かけてんのかもしれないけどさ、天国へ？　そういうちょっと気の利いた言い回しをしてるわけじゃないでしょあれは。まわりもまわりよ。「ああそうですか」って……「おいおい死んだじゃねえか」ってなんで誰も言わないのよ。
エリセンダ　言ったってしょうがないでしょ。
エルザ　しょうがあるでしょ。あの保安官の娘だってとっくの昔に死んだ父親を……ゼペットって人だってもういないんでしょ？　死んだの？　店の改装の打ち合わせ、店ほったらかして三ヶ月間泊まりがけでしてるのはちょっと念入りすぎない？
エリセンダ　……わかんないの？　三ヶ月もいて。
エルザ　え？
エリセンダ　いい……。いやなら村から出てけばいいじゃない。
エルザ　そうはいかないわよ。あたしはアイアン・ビリーを……（言い直して）アイアン・ビリーに会わないと。
エリセンダ　会ってどうするのさ。

エルザ　（口ごもり）いろいろ……アドレス交換とか。
エリセンダ　会えると思ってるの本当に。
エルザ　……。
エリセンダ　ねえ。
エルザ　会うわよ。
エリセンダ　おいおいもう死んでんだから。
エルザ　……。
エリセンダ　死んでる奴待ってどうすんだよ。
エルザ　（強く）やめろ！
エリセンダ　ゲタのハナオじゃねえんだから。どこがオットセイだよ。
エルザ　なに言ってんの……!?
エリセンダ　あなただって同じじゃない。
エルザ　違う！
エリセンダ　同じよ！　わかってるんでしょ、わかってるクセに聞きたくないんでしょ。
エルザ　……。
エリセンダ　誰も何も言わないのは……何も言われたくないからじゃない……。
エルザ　……。（小さく）オットセイって何よ。
エリセンダ　（小さく）知らないわよ……。
エルザ　……。
エリセンダ　……。

二人とも、なんだか悲しくなって黙りこくった。
店内に明かり。

クレメンタイン　カミーラさん、
カミーラ　はい？
クレメンタイン　何か飲みますか？　ごちそうしますよ。
カミーラ　（小さく）あ。
クレメンタイン　ってあたしが聞きますから、いいえ結構です、って答えてください。
カミーラ　え。
クレメンタイン　（うむを言わさず）いいですね。
カミーラ　え、でも。
クレメンタイン　（遮って）何か飲みますか？　ごちそうしますよ。
カミーラ　じゃあウィスキーを。（とまったく理解していないので）
クレメンタイン　（カウンターをグラスか何かでドン！　とやった）
カミーラ　（まだわからず）え？
クレメンタイン　（ムカムカしながら）クローディアさんは？
クローディア　（何か言おうとした）
クレメンタイン　いらないわよね。
クローディア　……いりません。
クレメンタイン　ウィスキーでいい？
クローディア　え？

クレメンタイン　ウィスキーでいいかって聞いてんの。
クローディア　あいえ、お酒は。
クレメンタイン　飲んだことないんでしょ。
クローディア　はい。
クレメンタイン　だから面白いから飲ませてみようって魂胆だから。ね。
クローディア　でも、
クレメンタイン　よろしく。
クローディア　……はい……。
エリセンダ　（不意に）主人にね……、
エルザ　え……？
エリセンダ　主人に聞いたことがあるの。
エルザ　旦那さん？
エリセンダ　「あたしが死んだら、あなた悲しい？」って。
エルザ　へえ……そしたら？　旦那さんは？
エリセンダ　「悲しいよ」って……「とても悲しいよ」って……。
エルザ　じゃあよかったじゃない。
エリセンダ　あたしは「なぜ？」って聞いたの。あの人はそれには答えないで、「お前は？」って聞いてきた。「お前は俺が死んだら悲しくないのか？」って……。
エルザ　へえ……それで？　あなたは？
エリセンダ　「悲しくないわ」って答えた……昔父さんに教わった通りに……。「死ぬのは悲しいことじゃないもの」って……。でもそう言いながら、あたしなんだかもう泣き出しそうで、だって死んでほしくなかったから、それでそう言ったの、「でもあなたは死なないで」って。
エルザ　……どうしてそんな話するの？
エリセンダ　主人はあたしに言ったわ、笑って、「馬鹿だな」って……でもそれはあたしの望んでた返事じゃなかった、「馬鹿だな」なんて……。あたしは「心配いらない」って言ってほしかったのよ、「永遠に死なないようにするから」って……。「俺は頑丈だから」とか、「俺の体は、実は鉄でできている」とか。
エルザ　ああ……。
エリセンダ　「死なないから平気だ」ってことを言ってほしかった。「死んでも（考えて）死にきれない」とか。
エルザ　それはちょっと違うけどね……。
エリセンダ　次の日から、なんかまるで誰かが合図したみたいに殺し合いが始まって……村のそこかしこで銃声が聞こえて……半年もすると、この村にはもう男は一人も……。
エルザ　……。
エリセンダ　ビリーも……あなたの母親を殺した男も、同じようにして誰かに殺されたのよ。
エルザ　（低く、しかし強く）わかったわよもう……。
エリセンダ　どうするの、これから……。
エルザ　……待つよ……アイアン・ビリーを……。
エリセンダ　……。
エルザ　……。
エリセンダ　……そうね。（とボトルに入った酒をラッパ飲みした）
エルザ　……ちょっとちょうだい。

エリセンダ　え。
エルザ　ちょっとよ。（とボトルを受け取った）
エリセンダ　いいけど、玄米茶よ。

エルザ、思わず口に含んだ玄米茶をエリセンダの顔にブーッと吹きかけると、もう一回口に含み、再度思いきり吹きかけた。

エルザ　なんで玄米茶飲んでるの……！。
エリセンダ　ヘビに見えるんだもの。どうして二回ブーッてやるのよ……！
エルザ　え、ヘビに見えるの？
エリセンダ　大蛇……。
エルザ　何がヘビに見えるのよ。
エリセンダ　わからないのよもうヘビに見えちゃってるから。元が何なのかなんてもはやわからない。
エルザ　ヘビよそれ。
エリセンダ　え？
エルザ　あなたがヘビに見えたもの。
エリセンダ　……ヘビなの？
エルザ　そう考えれば楽でしょ、なんの気がねもいらないじゃない。
エリセンダ　気がね？
エルザ　もしそうじゃないとしてもさ、そう考えれば……。
エリセンダ　そうね……うん……そうね。

エルザ　だって、そうやってやってきたんでしょ、ここの人達はみんな。
エリセンダ　……。
エルザ　昨日ね。
エリセンダ　え？
エルザ　悪いけど、覗かせてもらっちゃった。穴が開いてたから。
エリセンダ　何を！
エルザ　穴が開いてるのよ、クレメンタインの部屋の壁。なんか不自然な位置にカレンダーが貼ってあるなと思ってめくってみたらさ、十月、十一月、十二月、穴。隣の部屋丸見え。完全に覗き用。十月、十一月、十二月、穴。大体あんなとこを自分の部屋にすることからしてちょっとあれだと思ってたらさ、案の定よ。丸見え。十月、十一月、
エリセンダ　わかったわよもう！
エルザ　見られてるよ毎日。
エリセンダ　知ってる。
エルザ　あ知ってんだ。なんだ、いいんだ、需要と供給のバランスとれちゃってんだ。
エリセンダ　あなたは何を見たのよ。
エルザ　だから、そうなんじゃないかなと思ってたら、やっぱりそうだったっていう、事実を。確認させて頂きました。一瞬よ。そういう趣味ないから、ほんの一瞬。
エリセンダ　（咎めるように）勝手に入って……。
エルザ　言わないでね……わかってるよね、（自分を指し、恩を売るように）命の恩人だから。見たってったってほんの一瞬よ。
エリセンダ　いいわよ別にずっと見てたって、減るもんじゃなし。

エルザ　まあね……減るもんじゃなくてもあまりあたしは……。減ったらすごいけどね。減ったら逆に見たいけど、減るとこを。（嬉しそうに）見られたとたんどんどん減ってくのよ。「あ、十グラム減った、二十グラム減った」

エリセンダ　くだらない。

エルザ　……いや……だからさ……ヘビごときで悩むことはないんじゃないのっていう話。チャンチャン。

エリセンダ　……。チャンチャカチャンチャンチャン、パン。

エルザ　……。チャンチャカ

エリセンダ　うるさい。

エルザ　はい……玄米茶ちょうだい……。

エリセンダ　……。

店の中では、クローディアがなみなみと注がれたウィスキーグラスを前に沈黙していた。

クローディア　……。

クレメンタイン　どうしたの飲んでくださいよ。おごりよ。

クローディア　……。

クレメンタイン　早く。あなたのお父さんはそんなの一息だったわよ。

カミーラ　（さすがに可哀相になって）飲まないならあたしが

クレメンタイン　（カミーラに）やめてください。

カミーラ　……。

クレメンタイン　（クローディアに）すごかったわよあなたのお父さん、男らしくて……。モテモテちゃんよもう。ここの娼婦はみんなあなたのお父さん取り合いしてたんだから。保安官としては三流だけどあっちの方は一流だってみんな言ってた。確かにすごいのよ、相手に合わせるっていうか……腰使いとかさ、指使いとか、相手によって服の脱がせ方からして変えてたからね。
カミーラ　どうしてそんな見たかのようなことを……。
クレメンタイン　（わずかにとりつくろうような様子見えてしまいながら）……解説してくれるんだもんみんな。別にいいいっつってんのに。

クローディア、不意にグラスを口に持っていくと、一気にウィスキーを飲み干した。

カミーラ　……！
クレメンタイン　別にあなたは一息に飲まなくったっていいのに。

クローディア、ほとんど倒れ込むように椅子にもたれかかった。

カミーラ　大丈夫あなた。
クローディア　（大声で）大丈夫です！
クレメンタイン　大丈夫ですって。じゃあもう一杯飲む？
クローディア　（間髪入れずに）頂きます！
クレメンタイン　（大声で）作ります！
カミーラ　死んじゃいますよ。

クローディア　（大声で）平気です！
クレメンタイン　（カミーラに）平気だって。（クローディアに）え、死んだって平気だってこと？
カミーラ　死んだらあんまり平気じゃないでしょう。
クレメンタイン　でもほら、
カミーラ　ああまあね、死ねばお父さんに会えますけど。
クレメンタイン　んなこたあ言ってない。
カミーラ　え？
クローディア　早く！
クレメンタイン　わかったわよ！

キキがやって来て、ベンチのエリセンダとエルザに声をかけた。

だが、それはどう見てもあの日のキキではなかった。男装しているのである。鼻の下に付け髭をたくわえ、葉巻をくわえている。

キキ　あ、どうも。

エリセンダ　（キキに）あ、ボレーロさん、こんにちは、いらっしゃい。
男装のキキ　こんにちは。（エルザに）こんにちは。
エルザ　……こんにちは、ボレーロさん……今日は随分早いんですね……。
男装のキキ　うん。往診の帰り。新聞屋が寝込んでね。

エリセンダ　あら。じゃあ今日新聞、
男装のキキ　うん。しばらくは無理だなあれは。
エリセンダ　あら。
男装のキキ　熱が四十八度近くあるからね。
エルザ　ええ⁉
男装のキキ　うん。
エルザ　四十八度もあったら死んじゃうでしょう。
男装のキキ　（困惑して）だから、四十八度近くって言っても、三十八度だから。
エルザ　（呆れ、苦笑しながらボソリと）ああ……。全然近くないじゃないですか……。
男装のキキ　まあ近い遠いは主観の問題だからね。（エリセンダに）遠近法だ遠近法。
エルザ　ボレーロさん葉巻火ついてないし……髭、さかさまですよ……。
男装のキキ　ん、剃り残しがね。火をつけると体に悪いからね。遠近法だよ、遠近法。遠近健康法。
エリセンダ　行きましょ。
男装のキキ　ああ。
エルザ　（その背中に）ごゆっくり……。楽しんで……。お大事に……。

キキとエリセンダ、店の方へ。
エルザはベンチに座ったまま、以降しばらくボォッとしている。
店の中に明かり。

クレメンタイン　（クローディアにウィスキーを）はい。

キキとエリセンダ、入って来た。

エリセンダ　（中の人々に）ボレーロさん。
クレメンタイン　いらっしゃい。
男装のキキ　こんにちは。
エリセンダ　（もう一度、冷かすようにクレメンタインに）ボレーロさん。
クレメンタイン　なによ。

そう言いながら、クレメンタインの頬は心なしか赤らんだような――。

男装のキキ　（カミーラに）奥さん、こんにちわんたんめん。（とおどけた）
カミーラ　（困惑して）こんにちは。
男装のキキ　（クローディアを発見して）おやおや珍しい。こんにちわんたんめん。
エリセンダ　どうする？　すぐする？
男装のキキ　いや、一杯頂いてからにするかな。
クレメンタイン　ウォツカでいいですか？
男装のキキ　うん。
エリセンダ　ボレーロさん忙しいの？
男装のキキ　うーん。
クレメンタイン　忙しかったら来ないですよね。

エリセンダ　（クレメンタインに）わあ、そんな普通のことを。
クレメンタイン　何が。
男装のキキ　かなわないなクレメンタインちゃんには。（なんだか知らないが高らかに笑った）

一同、困惑した。

エリセンダ　この間の、足の取れちゃった線路工夫の人は？　どうしたんですか？
男装のキキ　ああ、あれには、往生したよ、出血がひどくてね。
エリセンダ　助かったんですか？
男装のキキ　ああ、なんとかね、丸太棒を二本くっつけて。
エリセンダ　足の代わりに!?
男装のキキ　いやいや、足から上は助からなかったから。

短い間。
皆、キキの言うことがよく理解できない。

クレメンタイン　……え？
男装のキキ　それで、現場の方に行ってみたら足が落ちててね、幸いそっちの方はまだ息があったんで。うん。
クレメンタイン　え？
カミーラ　足に丸太を二本くっつけたんですか？

男装のキキ　うん。元気にやってるみたいだよ。

沈黙。

男装のキキ　そろそろ現場にも復帰するって言ってた。
エリセンダ　言ってたんだ。
男装のキキ　言ってた。年内には鉄道も開通するってさ……ようやくだね……この村も変わるよ。
（ウォッカを受け取ると金をカウンターに置き）釣りはいいから。
クレメンタイン　どうも。
男装のキキ　（カミーラに）奥さん顔色があまりよくないいんじゃないか？
カミーラ　そうですか？
男装のキキ　うん。よくないよ。（とカミーラの胸をもんで、オヤジのように）おやおや、随分腫れてるぞ。
エリセンダ　（苦笑して）スケベ。
男装のキキ　スケベさ、私は医者なんだから。はい奥さん口あけて。
カミーラ　口ですか。
男装のキキ　口だよ。（ものすごく嬉しそうに）下の口じゃないぞ、まだ上の口だ。
エリセンダ　（苦笑して）まだってなによ……。
男装のキキ　はいあけて。
カミーラ　（口をあけた）
男装のキキ　あくじゃないか。

カミーラ　（苦笑しながら）あきますよ口くらい。
男装のキキ　（クレメンタインに）看護婦のクレメンタイン君、記録しとこうか。
クレメンタイン　（お医者さんごっこにつきあって）はい……なんて書きますか。
男装のキキ　だから、「口、あく」とね。
クレメンタイン　（ありもしないカルテに、架空のペンで）口、あく。
男装のキキ　ほら、ベロを出すんだよ、あるんだろ。
カミーラ　ありますよ。（出した）
男装のキキ　お！　この私に舌を出すとは失礼な。失礼極まりない！（と嬉しそう）記録して。
クレメンタイン　（書くフリで）極まりない。
男装のキキ　はい、目を出して。
カミーラ　目は出ません。というかもう出てますから。
男装のキキ　（頭上に両手で大きな丸を作り）合格ぅ！……（急にテンション下がって）なんて……
実は私の方が気をつけなきゃいけないらしいんだけどね……。
カミーラ　はい？
男装のキキ　（苦笑して）家内に占ってもらったら、気をつけろって言うんだよ。
皆　……。
男装のキキ　死相が出てるっていうんだな。普通言いますかね亭主に。インド人の格好させて死相が
出てるだなんて。
エリセンダ　制服占い!?
男装のキキ　かな？（酒をグイと飲み干し）ごちそうさま。
エリセンダ　（階上を指して）行く？

男装のキキ　そうだね……。（ともうひとつ歯切れが悪い）
エリセンダ　（ので）どうしたの？
男装のキキ　いや……今日は……たまにはね、別の娘をね……。
エリセンダ　ええ……!?
クレメンタイン　そうね、それもいいんじゃないですか。
エリセンダ　……そうですか……御指名は？
男装のキキ　ちょっと見てみてでいいかな？
エリセンダ　じゃちょっと呼んで来る。
男装のキキ　すまんね。
エリセンダ　いいえ。

エリセンダ、二階へ。

男装のキキ　（カミーラに）……ビリーさんは、相変わらずお元気ですか？
カミーラ　ああ、はい、おかげさまで。ゆうべは帰ってないんですけどね、どこほっつき歩いてんだか。
男装のキキ　言わないでくださいよ。
カミーラ　はい？
男装のキキ　さっきの。（胸をもむ仕草）
カミーラ　ああ。（笑って）言いませんよ。
男装のキキ　腕へし折られちゃたまりませんからね。
カミーラ　（愛想笑い）

男装のキキ　（カミーラの股間に向かって）まあ、自分で治療すりゃいいんですが、その治療をする当の腕がへし折られちゃってるわけですからね、こりゃ難儀です。（笑った）
カミーラ　どこに話してるんですか。
男装のキキ　（わざとらしく）ああ、こっちか。（とまた笑って）わかります？　だからつまりへし折られた腕でへし折られた腕を
カミーラ　治療するんですよね、わかります。
男装のキキ　ええ。（クローディアに）わかる？

クローディア、うつろな目でグッタリしていた。

クレメンタイン　（クローディアに、意地悪く）気持ち悪いんでしょ。
クローディア　（意地を張って）平気です。もう一杯ください。
クレメンタイン　お金もらうわよ。
クローディア　払います。
男装のキキ　あ、未成年が。悪い子ちゃんだ。悪い子ちゃんぽんめんだ。
カミーラ　（クローディアに）もうやめた方がいいんじゃないの？
クローディア　平気です！
クレメンタイン　平気だって。

キキ、立ち上がってクローディアの隣へ。

男装のキキ　なに……ワケあり?
クレメンタイン　お父さんの話してたら恋しくなっちゃったらしいんです。
クローディア　なってません。
男装のキキ　ああ……いい人だったね……やさしい男だった……いつだったかな……ウチに前立腺肥大の手術をしに来てね……手術したあと、とにかく気持ちいいって言ってた。
クローディア　気持ちいいって、手術が?
男装のキキ　小便がね、若い頃のように、シャーシャー出るって……そう言って嬉しそうに笑った歯がまぶしかった……。もっとも手術の方は大失敗だったんだけどね、治ったならよかった。発車オーライだ。(結果オーライと言いたいらしい)
クローディア　……。
男装のキキ　手術のお礼だって言って、何をくれたと思う?　君のお父さん。
クローディア　何ですか?
男装のキキ　小便小僧だよ、こんなに大きい。だからつまり、小便が出るようになったから。うん。そのくらいダイナミックな男だった。そんなダイナミックな男が死ぬなんてね……おそろしいことだよ……悲しいことだ……。あの男の不在は随分とこの村の姿を変えてしまった……妙な話だけどね、こんな風に思うことがあるんだな……つまり、あの日までの村の住人達は、あの日、保安官と一緒にどこかへ行ってしまったんじゃないかってね……今、この村にいるのは、保安官に会ったこともない人達なんだ……。

見ると、クローディア、うつむいて肩を震わせている。

男装のキキ　どうした……泣いてるのかい？

クローディア、キキに抱きついた。

クレメンタイン　酔っ払ってるのよ。ちょっとあんた！

男装のキキ　いいんだよ……いいんだ……。

キキが語るなか、外は除々に日が暮れてきたようだ。
ベンチに座ってるエルザの後ろをエバとメリィが大きな袋を引きずって通りかかった。

エルザ　こんにちは。
エバ　（一礼した）
エルザ　もうそろそろこんばんはか……。重そうね、何運んでるの？
メリィ　子供の死体じゃないものです、（エバに）ね。
エバ　！
エルザ　（明らかに疑っているのだが）へえ……。子供の死体じゃないものか……。
エバ　この子はつまらない冗談を。ほら、行きますよ。
メリィ　はい。
エバ　失礼致します。
エルザ　大抵のものは子供の死体じゃないからね。
メリィ　（エバに）あんなこと言ってる。

エバ　黙ってなさい。
エルザ　（強く）あのさ。

エバとメリィ、足を止めた。

エルザ　誤解しないでほしいんだけどさ、あたしはただとてつもなく早撃ちなだけで、別に正義の味方とか全然そういうあれじゃないのね。村を悪から守る心優しき女豹とか、そういうんじゃないの。もしそう思ってるなら、
エバ　（きっぱりと）いえまったく。
エルザ　思ってないならいいの。思ってないならいいんだけどさ。思ってたらやだなぁと思って、
エバ　いえまったく。
エルザ　わかったわよ！　しつこい！
エバ　……。
エルザ　ただね、正義感とかそういうくだらないあれじゃないんだけど、ちょっと気になることがあるのよ。最近、見かけなくなった子がいるの。知らない？　あたしのお友達なのよ。
メリィ　お友達？
エルザ　そう。黒くて小さなお友達。
メリィ　……。（と、意味ありげにエバを見た）
エバ　意味ありげに見るんじゃないの！　なんかあると思われちゃうだろう！
メリィ　はい！
エルザ　そこにきてね、奥さんがつい先日肉屋に馬肉を売ったっていう話も聞いたからさ。

エバ　一頭、裏の林に迷い込んでた馬を射止めたんです。
エルザ　(疑いの目で)射止めた?
メリィ　(疑いの目で)射止めた?
エバ　だからなんでお前まで疑うんだよ!
メリィ　(エルザを見た)
エルザ　(エバに)馬なんてそうそう林に迷い込まないでしょう。
メリィ　(大きくうなずく)
エバ　なにうなずいてんの!
エルザ　随分杜撰《ずさん》な肉屋だって聞くし。アルトゥーロっていったっけ? 馬の肉じゃなかったんでしょ。
エバ　馬の肉です。
エルザ　じゃあ見せてもらってもいい? その袋の中。
エバ　見たって仕方ありませんよ。小麦粉ですから。
エルザ　小麦粉だぁ?
メリィ　(エバに)子供の死体じゃない方の小麦粉だよね。
エバ　子供の死体の方の小麦粉なんてありません!
エルザ　見せろ。(と銃をエバに突きつけた)
メリィ　(やにわに銃に飛びついた)
エルザ　何すんのよ!
エバ　(銃が危なくて)ああ!
メリィ　母さんを殺しちゃ駄目!
エルザ　殺さないわよ!(とようやく引き離して)危ないなあ!

エバ　（小声で）かえって殺されちゃうでしょう！
メリィ　ごめんください……！
エルザ　（袋に近寄って）……見るわよ。
エバ　どうぞ……。
エルザ　（袋の中を覗いて）小麦粉じゃない！
エバ　だから小麦粉だって言ったじゃないですか！
エルザ　だって！　え、じゃああなたは本当は子供の死体が入ってるから入ってませんよって言ったんじゃなくて、本当に入ってないから入ってませんよって言ったんだ!?
エバ　（当然じゃないかという風に）そうですよ。
エルザ　……呆れた……そのまんまじゃねえか！
エバ　普通そのまんまです。
エルザ　そうね……なんか……興ざめ。
エバ　興ざめされても。
エルザ　そうよね、はい。そんなもんです世の中。
メリィ　（申し訳なくなったのか）ごめんください。
エバ　いいのよ謝らなくても。
メリィ　はい。
エルザ　この村に着いてすぐにあんなことがあったでしょ……ハデなお出迎えしてもらっちゃったじゃない。その割にその後なぁんにもないからさ……なんか退屈しちゃって……。ま、あるっちゃあるんだけどね、そもそもが歪みまくっちゃってるわけだから。
エバ　は？

エルザ　どうなの、旦那さんの具合は？
エバ　ええ、もうだいぶ。おかげさまで。
エルザ　そう。やっぱりボレーロ先生に診てもらってるの？
エバ　ええ。
エルザ　来てるわよ今。
エバ　はい、今。
エルザ　いい？　あの先生。
エバ　いいですよ。
エルザ　いいんだ。
エバ　ええ。
エルザ　熱とかちゃんと計れる？
エバ　はい？
メリィ　あたしボレーロ先生好きよ。
エルザ　あそう。
メリィ　うん、気持ちいいことしてくれるから。

短い間。

エバ　……⁉　なんだい気持ちいいことって……⁉
エルザ　ごめん、振らなきゃよかったかしら。
エバ　何してくれるんだいボレーロ先生は！

メリィ　あのね、あたしを裸にして、気持ち良くしてくれる。
エバ　！
エルザ　……。

店の中ではまだキキがクローディアを抱いていた。

男装のキキ　意外だな……君は香水をつけてるんだね……お母さんの香水……？
クローディア　そうよ。
男装のキキ　うちで昔飼っていた犬も香水の匂いがしたな……私が子供の頃飼ってた犬だ……私の母親が始終なでたり抱きしめたりしたからね……。

キキ、人目もはばからず、クローディアをテーブルに倒し、クローディアの胸に手をすべらせる。次のセリフの間に、その手は胸から腰へ腰から太股へ、そして足と足の間へ——。

男装のキキ　でももちろん、その奥には犬特有の、濡れた土のような、枯葉のような、上等のなめし革のような、夜の森のような、たき火のようなブドウ酒のような匂いもして……子供だった私は犬の体に鼻をこすりつけては、その野性的な匂いを吸い込んだものだった……。遠い昔の話だよ……。ああ……いい匂いだ……。

クローディア、自ら顔を近づけると、キキにキスをした。長く、官能的なキス。カミーラは唖然と、カウンターの中のクレメンタインはおそらく複雑な思いで二人を見つめていた。

階段の上ではエリセンダと三人の娼婦、その光景に足を止めていた。

エリセンダ　……。（クレメンタインとカミーラを見た）
男装のキキ　今日は、彼女（クローディア）にするよ。
エリセンダ　え、でもそのコは違うから。
男装のキキ　いいんだ……いいだろ。
カミーラ　ボレーロ先生……。
クローディア　……いくらくれるの？
皆　……。
男装のキキ　五百ペチカ。
クローディア　（きっぱりと）足りないわ。全然足りない。
男装のキキ　じゃあ七百、千ペチカ払おう。
クローディア　二千。
男装のキキ　よし……（財布から札を出して）二千。
クローディア　（受け取り、クレメンタインに向き直ると）部屋を貸してもらえる？
クレメンタイン　千二百ペチカ。

キキ、クローディアが今受け取った金の中から支払おうとするのを制して、新たに金を出すとクレメンタインに手渡した。

クレメンタイン　……奥から二番目の部屋を……。

男装のキキ　君の部屋の隣？
クレメンタイン　そうね……そうです……。
男装のキキ　行こう。歩けるかい。
クローディア　歩けるわ。
男装のキキ　（エリセンダ達に）すまないね。今度、君達とも。
エリセンダ　いいえ……今まだ一人、部屋で化粧してるのがいますけど。
男装のキキ　（聞いておらず、クローディアに）気をつけて。
クローディア　平気。

キキとクローディア、二階の奥へと去った。

エリセンダ　（娼婦達に）はい、そういうことだって。

娼婦達、ため息をつきながら各自の部屋へと戻って行った。

エリセンダ　（クレメンタインに目をやった）
クレメンタイン　だからなによ。
エリセンダ　（降りてきてカウンターの方へ）いいわよ店やっとくから。
クレメンタイン　いいわよ。なんで。
エリセンダ　（酒のボトルを一瓶持つと）いいならいいけど。

エリセンダ、階上へと去った。
止まっていた店の外の風景が動き出した。陽はほとんど暮れかかっている。

メリィ　（黙りこくってしまったエバに）母さん。
エバ　（不意に立ち上がると、メリィに）これ、その人に手伝ってもらって運んどきなさい。
エルザ　え。
メリィ　どこ行くの？

エバ、答えずに店とは反対の方へ、つまり小麦粉を運んで行こうとした方へ去って行く。

エルザ　（その背中に）なに？　怒っちゃった？　やんなっちゃった？　泣けてきちゃった？　むしょうに焼きソバが食べたくなってきちゃった？

エバ、行ってしまった。

エルザ　（仕方なく、メリィに）じゃ運ぼうか。
メリィ　はい。
エルザ　わ重い！　なんで持てたのこんな重いもの。
メリィ　母さんだから。
エルザ　……え？

メリィとエルザ、引きずるようにして小麦粉の入った袋を持って去っていくなか――。
店内にはカミーラとクレメンタインの二人が残った。

カミーラ　あ、なんだか、酔っ払ってしまった。

クレメンタイン　酔っ払う場所ですから。

クレメンタイン、そう言うと、ヤケ酒なのか、自分もボトルをラッパ飲みした。

カミーラ　あの方……しもやけエルザさんておっしゃいましたっけ、
クレメンタイン　早撃ち。なによしもやけって。わざと言ってるでしょう。
カミーラ　いいえ。（まるで名字のように）はやうちエルザさん。
クレメンタイン　はやうちさんじゃない、何人《なにじん》？　ハーフ？　ストリッパー？　早撃ち。早撃ちさん。
カミーラ　（嬉しそうに）すみません、付き合って頂いて。
クレメンタイン　やっぱりわざと言ってんじゃない！
カミーラ　（笑って）酔っ払ってしまって……。
クレメンタイン　……。
カミーラ　エルザさんは主人に何の用なんでしょうねえ。
クレメンタイン　知りませんよ。
カミーラ　……。
クレメンタイン　直接聞いてみたらどうですか。
カミーラ　もう何度も伺ってるんですけどね。「奥さんに用はない」「奥さんじゃ駄目だ」「奥さんは本当に大きいね」って。
クレメンタイン　……。
カミーラ　なんだか嫌な予感がするんですよ。
クレメンタイン　なによ嫌な予感て……。
カミーラ　いえ……。
クレメンタイン　……。
カミーラ　（幸せそうに微笑んで）主人はね……ああ見えて、家ではとても優しいんです……。
クレメンタイン　そうでしょうね、家でもあんなだったら目も当てられないものね。
カミーラ　とても優しいんです……。
クレメンタイン　わかったわよ。
カミーラ　ビリービリーって呼ばれてるから皆さんビリーっていう名前だと思ってらっしゃるでしょうけど、ビリーは愛称なんです。アイアンも。
クレメンタイン　誰もアイアンが本名だとは思ってないけど。愛称かなアイアンて。
カミーラ　本名はグスタフ・アミルカーレ・ホンガトンガ・マコーミック・ジュニア。
クレメンタイン　えなに聞いてなかった。
カミーラ　グスタフ、
クレメンタイン　じゃなんでビリーなのよ！
カミーラ　なんでかっていうとね……。

カミーラ、クレメンタインに耳を貸せと手招きするので、クレメンタイン、耳を近づけた。

カミーラ　（耳打ちで）あたしとあの人だけの秘密です。
クレメンタイン　なんなんだ！
カミーラ　（クスッと笑って）じゃ言うなよって？
クレメンタイン　そうよ！（ハッとしてボソリと）あたしが相手するからいけないんだ。
カミーラ　毎年、あたしの誕生日に、あの人あたしと一緒に星を見るんです……笑うでしょ、あの男が星を見るだなんて……でも見るんですあの人とあたしは、手をつないで。ホントですよ、まるで吸い寄せられるみたいに手をつなぐんです……去年は雨だったわ……でも見えたんですよ……それはもう本物とは思えないような星空が……おそろしいような……無造作な……あたし達はずっと家の屋根の上に座って……肩に毛布巻き付けて……じっとしてると、奇妙な動物の鳴き声が聞こえてきて……あの人が、ふくろうだって教えてくれたわ……みゃーって鳴くのよふくろうって、みゃーって。（クレメンタインが否定するが、意に介さず）……流れ星がいくつも落ちて……あたし達はぴったりくっついてそれを見ていた……なんでもないことのように。不思議な気持ちになるわよ……不思議で、とても幸せな気持ちに……どう？　クレメンタインさんも……ボレーロ先生と一緒に。
クレメンタイン　（思わず声が裏返って）なに言ってんの⁉
カミーラ　いいわよすごく。
クレメンタイン　エリセンダね……。
カミーラ　え？
クレメンタイン　どこまで聞いたの……？　あたしが穴開けて覗いてるってのも聞いた？
カミーラ　いいえ。
クレメンタイン　嘘。
カミーラ　見ればわかるわよ。

クレメンタイン　え……？
カミーラ　さっきの、あなたの、先生を見る目を。
クレメンタイン　嘘。だって、看護婦とかやってたよ。
カミーラ　ええ。
クレメンタイン　「口、あく」とか書いてたよ。
カミーラ　書くのよ、恋すると。
クレメンタイン　え。
カミーラ　わかるわよ……。
クレメンタイン　（懸命に笑顔を作って）勘弁してよ。あんなエロおやじ。
カミーラ　そんなの好きになっちゃえば関係ないわよ。エロだろうがおやじだろうが。あたしだって
あんな、カニミソと鼻クソの味の区別もつかないような男。でもどうしたわけかあの人以外駄目な
のよ今じゃ。あの人以外の男は誰も、なんて言うの？　好みに合わない？　おかしいわよね、あの
人に会う前にも誰かを好きになったことがあるはずなのに。一体どうやって好きになったのかしら
……一体どんな男達だったのかしら。わからない全然わからない。何もかもとても遠くて、まるで
誰か他の人の記憶みたい……！
クレメンタイン　（投げやりに）じゃよかったですね。
カミーラ　ええ。よかったわ、今年は晴れて。
クレメンタイン　え。
カミーラ　（酒を飲んだ）
クレメンタイン　今日なの？　誕生日。
カミーラ　ええ……ここで待たせてもらっていいかしら……。

クレメンタイン　え……。
カミーラ　たまには……今日くらいは……。
クレメンタイン　いいけど……。
カミーラ　いいけど何？　おめでとう？
クレメンタイン　おめでとう。
カミーラ　ありがとう。（嬉しくて）初めてだわ、「いいけどおめでとう」なんて言葉をもらったのは！　新しいわ、なんか新しい！
クレメンタイン　……。

と、そこにエバが来た。

エバ　失礼します。
クレメンタイン　なによ。
エバ　トマーグラが、
クレメンタイン　旦那？
エバ　容態が急に悪化しまして。幸いボレーロ先生がいらっしゃってると伺いましたものですから。
カミーラ　ああ今は無理だと思いますよ。（と二階を見た）
エバ　本当に悪いんです。
カミーラ　向こうは本当にいいんです。いいものはいい、悪いものは悪い。
クレメンタイン　行きなさいよ、じゃあ。
カミーラ　まずいでしょう。

クレメンタイン　（出して）はい鍵。
カミーラ　なに、嫉妬？　ヤケクソ？
クレメンタイン　やめてよ。

エバが鍵を受け取ろうとした時、デボアが化粧をしながら階上に現れた。

デボア　はい、お待たせしました、はい。
クレメンタイン　誰に言ってんのよ。
デボア　ボレーロさん。
クレメンタイン　（呆れて）今まで化粧してたんだ。じゃこの人（エバ）と一緒に行けば？
デボア　え。
カミーラ　ボレーロ先生もう別の娘選んじゃったから。
デボア　そっか……やっぱりね。
エバ　それではお借りします。

エバ、ひったくるようにして鍵を受け取り、階上へ。
デボアはそこへ残った。

デボア　（エバのことを、クレメンタインに）なに？
クレメンタイン　なんでもない。
カミーラ　いいの？　先生もう来なくなっちゃうかもよ。

クレメンタイン　（カミーラに）最近ね……
カミーラ　ん？
クレメンタイン　最近少しずつ、ほんの少しずつだけど、考えが変わってきたの……。
デボア　（妙に感心して）ほお。
クレメンタイン　なんかバカバカしくなってきたのよこんなの……。
カミーラ・デボア　（思わず口調が合い）こんなのって？
クレメンタイン　だから……こんなのよ……！　なんていうか、こう、せめて見晴らしが悪ければいいのに……木が鬱蒼と茂ってたりさ……城壁がめぐらされてたり……終点じゃないここは……終点だってわかっちゃってるでしょみんな、見晴しが良すぎて……荒野じゃない、ここは……。

二階から銃声。
三人、ハッとして階上を見た。

デボア　なに⁉
カミーラ　銃声⁉
デボア　ねぇ、今、バーンて感じの音しなかった？
クレメンタイン　したわよ！

続いて三発、銃声。
階上で数名の悲鳴。
二階から半裸のクローディアがものすごい悲鳴をあげながら駆け降りて来た。

デボア　（指さして）裸。裸。
クローディア　人殺し！　人殺し！

何もなかったかのような表情でエバが降りて来る。しかし、手には銃がしっかりと握られている。

クローディア　（悲鳴をあげて）人殺し！
エバ　（クレメンタインに）鍵、ありがとうございました。
クレメンタイン　エバあなた、
カミーラ　ボレーロ先生は……
クローディア　死んだの！
クレメンタイン・カミーラ・デボア　！
デボア　（エバに）死んだの⁉
エバ　いいえ。
デボア　（悩み、エバとクローディアを見比べて）どっちを信じればいいのかしら！
クレメンタイン　わかるでしょう！（エバに）あんた、
エバ　結局あたしと娘しか残らないんだわこの村には。
クレメンタイン　……。（クレメンタイン、とっさに壁のライフルを取ろうとした）
エバ　動くな！

クレメンタインの動きが止まる。

沈黙。
クローディアが悲鳴をあげて洗面所の方へ。エバ、そちらへ向かって銃を乱射。
二階から怯えた娼婦達の悲鳴。

エバ　（一喝して）やかましい！

二階、ピタリと静かになった。
エバ、銃をそこにいる三人に向けた。

三人　！
エバ　……さようなら。
カミーラ　ウィスキーをもらえますか。
エバ　さようならって言ってるだろう！
カミーラ　怖いのよ死ぬのが。
デボア　ああわかるわかる、じゃああたしもウィスキー。
カミーラ　ウィスキー。
デボア　ウィスキー。
エバ　一杯だけだよ……。
クレメンタイン　……。

店の外。少し前からリトルチビがやって来て例のベンチに座っている。

エルザとメリィが戻って来た。

エルザ　あ。
リトルチビ　あエズラ。
エルザ　久し振りね。（メリィに）ほら、さっきあたしが言ってたあんた達が殺して袋に詰めたんじゃないかって話してた坊や。
リトルチビ　（不安になり）なに話してたんだよ。
エルザ　噂よ。
メリィ　ああ。
リトルチビ　（半泣きで）妙な噂すんのやめてくれよ！
メリィ　あのね、袋の中があなたじゃなかっただけありがたいと思いなさい。
リトルチビ　なんだと！
エルザ　やめなさい頭悪い同士でケンカやめなさい。
リトルチビ　ちくしょう！　バカにしやがって！
エルザ　してないわよバカになんか。
メリィ　あたしをバカにしたら母さんが容赦しないわ。マリネのおばさんだって容赦してもらえなかったでしょ。
エルザ　え？
メリィ　え？
リトルチビ　エズラ、早撃ち。
エルザ　言っただろ、チビにはまだ無理だって。

リトルチビ　頼むよ。売春婦に自慢してやりてえんだよ。
エルザ　どういうことよ？
リトルチビ　（声をひそめて）実は俺今日、売春婦を買いに来たんだ。
エルザ　え、筆おろし？　ちょっと早いんじゃないの？
リトルチビ　早撃ちさ。ボオボオさ。
エルザ　チビ……つまらなぁいこと言うようだけど、拳銃なんて、関わらないで済めばその方がいいのよ。
リトルチビ　エズラ、この村には危険がいっぱいだぞ。丸腰じゃ怖くて夜道も歩けねえ。お化けがでるかもしれねえし、転ぶかもしれねえ。
エルザ　それ二つとも拳銃じゃどうにもならないから。あれ？　あのコは？

いつの間にかメリィはいなくなっていた。
店の中。

クレメンタイン　はいウィスキー三つ。あたしも飲むから。

クレメンタイン、ウィスキーがなみなみと注がれたジョッキを三つ、カウンターに置いた。

エバ　（ギョッとして）なんでウィスキーをジョッキで作るんだよ！
クレメンタイン　いいじゃない最後くらい。
エバ　冗談じゃないよそんなもんチビリチビリやられたら！　一気に飲むんだよ！

クレメンタイン　(デボアとカミーラに) 十二ペチカ。
エバ　金取んのかよ!
デボア　(カミーラに) ちょっと貸しといてもらえます?
カミーラ　あ、いいですよ。
デボア　あとで必ず。
エバ　だからないんだよ!　あとはない!
カミーラ　(クレメンタインに金を払い) はい、二人分。二十四ペチカ。
エバ　いいかい、グイッと一気にね。ノドごしで味わうんだよ。
クレメンタイン　はい。

とクレメンタインが滑らせたジョッキが一度ふっと消えた。

エバ　!?

どうしたからくりなのか、ジョッキはカミーラの目の前にピストル入りで姿を現した。
カミーラ、素早くジョッキから銃を取ると、エルザに勝るとも劣らないスピードでエバを撃った。
エバ、手にしていた銃を床に落とすと、膝を折って倒れ、やがてうずくまった。エバの銃をデボアが拾った。
クレメンタイン、カウンターから出て来た。
メリィがゆっくりと扉を開け、店内に入って来た。

メリィ　母さん……。

エバ　（瀕死の状態で）メリィ……あっち行ってなさい……。
カミーラ　医者を！　ボレーロ先生……死んだか……死んだね……

クレメンタイン、カミーラの持っていた銃を奪うと、メリィの頭に突きつけた。

クレメンタイン　（エバに）殺すわよ。
カミーラ　え!?
エバ　やめて！
デボア　（クレメンタインに）あなたなんでそんなこと……！（エバを指して）もうこういうことになってるんですよ。これ、私達圧倒的に有利なのに、そんなことしなくても……！
クレメンタイン　いいのよ！　殺すの！
メリィ　母さん。
クレメンタイン　動くな！
エバ　動くんじゃないよメリィ。
メリィ　はい！　ごめんください！
クレメンタイン　殺すわよ。

間。

クレメンタイン　殺す。

間。

クレメンタイン　殺す。

間。

クレメンタイン　殺す。
カミーラ　なんか、これ、埒があかないわよ殺す殺す言っても。
デボア　そうそう「何なにしなかったら殺す」とかそういうのがないと。
クレメンタイン　じゃあ百メートル三秒以内で走れなかったら殺す。
エバ　無理です！
カミーラ　（同時に）無理だわ！
デボア　無理無理！
メリィ　母さん死ぬの？
エバ　死なないよ……！
メリィ　死なないで母さん死なないで！
エバ　死なないよ……言っただろ、平和な村ですよ……。
メリィ　はい！
カミーラ　（いたたまれなくなってクレメンタインに）離してあげなさいよ。
デボア　あたしも賛成。それちょっと残酷すぎますよ。きっとこの人だって、とエバを銃で指した瞬間、銃が暴発した。デボア、思わず銃を床に落とした。
エバ、絶命。

デボア　ああ！
カミーラ　何やってんですか！
デボア　暴発よ！（エバを揺さぶって）あなた！　あなた！
メリィ　母さん。
カミーラ　死んだの!?
クレメンタイン　（デボアに）バカ！　死ぬ前に娘が殺されるのを見せて、で母親じゃない！
カミーラ　なにプランたててるのよ！
デボア　（エバの絶命を確認すると必死に弁明し）暴発よ！
クレメンタイン　わざとでしょ。
デボア　暴発暴発！
カミーラ　死んだの!?
デボア　死にました！（メリィに）ごめんなさい！
メリィ　死んでない！
クレメンタイン　死んだのよ！
メリィ　死んでない！
デボア　死んだから謝ってるんでしょ、ね、ちょっとは頭使いなさい。
クレメンタイン　ほら、じゃあデボア、このコも。（撃って、の意）
デボア　（驚いて）嫌ですよ！

カミーラ　だからなんでこのコまで死ななきゃいけないのよ！　あたし達悪党集団じゃないんだから。
クレメンタイン　（メリィに）だってねえ、あなた一人じゃ何も出来ないでしょ。
メリィ　出来るわ、母さんがいれば。
クレメンタイン　ね。パーだもん……死んだ方が幸せなのよ。ほい、デボア。（と銃をデボアに）
デボア　（拒否して）なんであたしなんですか！
クレメンタイン　わかったわよ！（とメリィに銃を向けた）
カミーラ　よしなさいよ！

クレメンタイン、駆け寄ろうとしたカミーラに銃を向ける。
カミーラ、足を止めた。

カミーラ　！
クレメンタイン　親切だからねこれは！　親切よ！
デボア　そのコが死んじゃったら、病気のお父さんが、
クレメンタイン　いないでしょもう！
皆　……。
クレメンタイン　もうとっくに死んだでしょ！
メリィ　死んでない！
クレメンタイン　うんわかったから。（と再度メリィの頭に銃を突きつけて）ほら……あんたも行ってらっしゃい……！

クレメンタインが引き金を引こうとした刹那――。

エルザ　待ちな！

皆　！

エルザ　……そのコを離しなさい。

エルザ、スイングドアの向こうでそう言うと、颯爽と勢いよく扉を開け、店内に入って来ようとしたその時、扉、再びハデにはずれた。

エルザ　あ！

そのスキを見てクレメンタイン、メリィを撃った。数発。

エルザ　ああ！

メリィ、倒れた。

沈黙。

デボア　死んでる……。

カミーラ　ひどいわ……。

リトルチビ　（店外の陰から現れてエルザに）なんにも出来てねえじゃねえか。

エルザ　（扉を手にしたままバツ悪く）……。

クレメンタイン、不意に恐怖がこみあげたのだろう、突如狂ったような悲鳴をあげながら階上奥へ走り去った。

皆　……。

そこにはデボア、カミーラ、エルザ、リトルチビが残った。

エルザ　（リトルチビに弁解がましく）この前は結構うまくいったのよ。
リトルチビ　（それには答えず死体を見つめた）
エルザ　ほんとよ。
カミーラ　（三つの死体を見つめながら）これじゃまるで無法地帯じゃない。
デボア　暴発よあたしのは。
カミーラ　そうね……。（ため息）ひどいわ……なにもあたしの誕生日に……。

虫の声。

リトルチビ　虫だ。
デボア　虫達は……虫の皆さんはどうやって時期を知るのかしらね……。そろそろ自分達が世界に参加してもいい頃だぞって、土の中で決心するのかしら……。
カミーラ　（漠然とデボアを見た）

デボア　（ので）ね。どうなのかしら。
カミーラ　（うつろに）どうなんでしょうね……。
エルザ　（とれたドアをどうするか考えていたが）いいか。（とそこら辺に放ぽった）

カミーラがぼんやりと目をやると、リトルチビが、先ほどデボアが暴発させた銃を手に取っていた。

カミーラ　危ないわよそれ！
リトルチビ　撃たねえよ。
デボア　暴発するの。暴発用の銃なのよ。
リトルチビ　え！（と慌てて銃を置いた）
エルザ　チビ。（死体を指して）こうなりたくなかったら、銃になんか手を出さない方がいい。
リトルチビ　こうなりたくなったらって、
エルザ　こうなりたくなかったらよ。こうなりたくなったらむしろ手を出しなさいよ。
リトルチビ　こうなりたくなかったらって、人はみんな最後はこんなだぜ。怖かねえや。
デボア　でもこれ（と銃を手にした）
リトルチビ　危ねえなこっち向けんなよ！
エルザ　怖いんじゃない。
デボア　（リトルチビに）ごめんなさい。

デボア、そう言うと、銃を痰壺の中へチャポンと入れた。

デボア　はい、これで痰だらけー。汚いからもう誰も撃とうとは思いません。
エルザ　（ニヤニヤと）わかんないよ、ここに痰飲んだ人がいるから。
カミーラ　（照れたのか）やめてくださいよ。
デボア　え！
リトルチビ　すげえ！
エルザ　心底驚いたわよあの時は。そのあと人が刺された時より驚いた。
カミーラ　やめてください。飲めるもんですよ結構。
エルザ　（デボアに、カミーラを示して）ね、こういうこと言うのよ。（カミーラに）え、誕生日？
カミーラ　え。
エルザ　誕生日って言ってなかった？
カミーラ　ええ……。
デボア　今日？
カミーラ　はい……。
デボア　おめでとうございます。
カミーラ　ありがとうございます。それでね、私も今日はここで主人を待とうかと。今日くらいは。
エルザ　（カミーラをじっと見て）……。
カミーラ　どうしたんですか？
エルザ　本気で言ってる？
カミーラ　はい？
エルザ　いえ……。
カミーラ　（エルザの目を見据えて）会えますよ……主人に……今夜こそ……。（死体を見て）これ、片付けないと。

沈黙。
人々、再び散在する亡骸に目をやったその時、二階で銃声。

人々　！

エルザ、カミーラ、二階へ駆け上がる。
カミーラは行きがけに痰壺から銃を取り出そうと躊躇して、痰壺ごとかかえて行く。

エルザ　（ついてこようとするリトルチビに）来るな！。
リトルチビ　……。
エルザ　来るな！
リトルチビ　……。

リトルチビ、仕方なく階下へと戻って行った。
エルザとカミーラは二階奥、銃声がした方へと去った。
デボア、レコードをかける。
リトルチビは黙ってそれを見ていた。
デボア、「嘆きの天使」を唄う。

恋するために　生まれたの
それだけで　生きているの
私はそういう女なの
恋するためだけの

生きる意味なんて知らないし
愛にも興味はわかないわ
（でも）恋するためだけに　生きてる私
そういう女なの

死ぬのに意味なんていらないわ
生きてる意味なんてないように
（ただ）恋するためだけに　生きてる私
（また）恋してしまったの

唄中で、エバとメリィが起き上がり、ゆっくりと去って行く。
ガスとチンピラAが、マリネとカトリーヌが、そして、キキが。
唄が終わる頃には夜はすっかり更けているだろう。

4・エピローグ

唄が終わると、数時間が経過している。

夜更け。虫の声。

そこにいるのはデボア、エルザ、カミーラ、クローディア、エリセンダ。

エルザとエリセンダはトランプゲームをしており、カウンターではカミーラがクローディアの体に包帯を巻きながら、デボアの話を聞いている。

カミーラとエリセンダは酒を飲んでおり、随分酔いがまわっているように見える。

クローディア　痛いです痛いです。
カミーラ　我慢しなさい。それで?
デボア　「お前が世界一だ」って言ったのよ。いっつも、父さんは。あたしを膝の上にのせて。
カミーラ　（クローディアに包帯を巻いてやりながら）へえ。
クローディア　痛、
デボア　「デボア、お前は世界一だ」って。でもね、少し大きくなって、まわりの子供達を見てね、父さんの言ったことはどうやら大間違いだったってことがわかったの。
カミーラ　（包帯の具合がおかしいのか）あら、これ、
デボア　聞いてます?
カミーラ　聞いてますよ。

デボア　あ、そう……。だけどね、依然として父さんはあたしを膝の上にのせて、「デボア、お前は世界一だ」って言ってくれたのね。あたしは、本当はそうじゃないってことに、父さんが気づかなければいいなって願ったわ……心から……父さんの為に……。

エルザ　（不意に）よしドーンチ。（と叫ぶとカードを一枚掲げた）

エリセンダ　ホンダホンダホンダ。

エルザ　（同時に）マリンカマリンカマリンカ。

エリセンダとエルザ、そう言いながら次々とカードを出した。

エルザ・エリセンダ　ピョン！（とそのうち一枚をお互い提示）

おおー！　とか言ってエルザが喜び、エリセンダが悔しがった。
どんなルールのゲームなのか、周囲の者にはまったく理解できない。

カミーラ　どういうゲームやってるんだろう。

エリセンダ　（地団駄踏んで）なんでよぉ……。

デボア　（かまわず話を続けて）なんかね……、好きな男の人に自分のこと誉めてもらうとね、父さんとダブってさ、なんか可哀相になっちゃうのよ。

エリセンダ　え、その男の人のことが？

カミーラ　（驚いて）聞いてたんだ。

デボア　（エリセンダに）そうそう、なんか勘違いっていうか、錯覚？　錯覚してるんじゃないかって気がして。
エリセンダ　ああ、ずっと錯覚させ続けてあげなきゃ可哀相だと思っちゃうんだ。
デボア　そうそう、そうなのよ。
エリセンダ　でもそういうのってさ、
エルザ　ドーンチ！
エリセンダ　（すぐにトランプに戻って）ホンダホンダホンダ。
エルザ　（同時に）マリンカマリンカマリンカ！
エルザ・エリセンダ　ピョン！
エリセンダ　ああ！

なんだかわからないが、またエリセンダが負けたらしい。エリセンダ、やけを起こしてカードを破いた。

エルザ　あ、また破いた！　だからどうして破くのよ！
エリセンダ　怪しい、絶対怪しい。
エルザ　なにが。
エリセンダ　絶対へん。
エルザ　なにがよ……疑うんだったらどこでも調べてごらんなさいよ。
エリセンダ　（エルザの被っている帽子を取ろうと）
エルザ　（頭を押さえて）帽子は駄目。
エリセンダ　なんでよ。
エルザ　日射病になるから。

エリセンダ　なってごらんなさいよ。（となおも取ろうとした）
エルザ　なによやめてよ、あ。

エリセンダが無理矢理帽子を取ると、エルザの頭の上には筒状の巻き物があった。エリセンダ、巻き物を取り上げて広げた。

デボア　何それ？（覗いて）地図？

エリセンダ、地図を辿って部屋を歩き、地図に記されているらしい地点まで行くとそこの床板をはがした。そこには一枚のカードがあった。

エルザ　（気まずそうに）……。
エリセンダ　ほらやっぱり。八百長。
カミーラ　どういう八百長なんだろう。
エリセンダ　（そのカードを破いた）
エルザ　あ。
デボア　（不意に）あら……？
エリセンダ　え？
デボア　……今、犬の鳴き声がしなかった……？
エリセンダ　（一蹴して）しなかった。もうやめ。
デボア　そう？

エルザ　（エリセンダに）何さそのくらいで。本当に強い人っていうのは八百長されようが殴られようが勝つのよ。
エリセンダ　せせらいでごらんなさいよ。
エルザ　会話にすらならない。

カミーラ、包帯を巻き終えた。クローディアは顔以外のほぼ全身を包帯でグルグル巻きにされている。

カミーラ　よしと……（デボアに）あれ、上、腐っちゃわないかしらね。氷とかあれしないと。
エルザ　死体が腐ると臭いよ、当たり前だけど。
エリセンダ　いいじゃない。
エルザ　よくないじゃない。臭いのよ。
エリセンダ　あんなに幸せそうなんだからさ、二組とも。
カミーラ　そうね、クレメンタインなんて、ボレーロさんにこんなして。（と抱きつくポーズ）
デボア　あれ（自分の頭を撃つマネをして）バーンてやってからこんなしたのかしらね。（と抱きつくポーズ）
エリセンダ　クレメンタインのあんなに幸せそうな笑顔なんてホント、生きてる時は見たことなかったもの。
エルザ　幸せそう？　ずるそうだったじゃない、してやったりみたいな。死んでやったりみたいな。
エリセンダ　なことないわよ。
カミーラ　エバさんとメリィちゃんも幸せそうだったわ。
エリセンダ　そうよ。

カミーラ　まあそう見えるだけかもしれないけど。
エルザ　そうよ。
デボア　あれバーンてやってからこんなしたのかしら。（とまだ言っている）
エリセンダ　そうじゃない？
デボア　（うっとりと）ね……一緒に腐っていけるならね……。
エルザ　でも臭いのよ、本人達はもう死んじゃってるからいいかもしれないけど、匂いつくんだから、とれないよなかなか。
デボア　あれ、くっついたまま腐ってくと、こう、二人が一人になってくのかしら。
エリセンダ　（ちょっと笑ってしまい）そうね。
デボア　ね。だんだん腐ってきて、こう、ね。
エリセンダ　うん。
クローディア　（不意に、強い口調で）やめてよそんな話！
カミーラ　あらしゃべった。
クローディア　人が死んだのよ！
エリセンダ　（平然と）あなたのお父さんなんて人が死ぬとこたくさん見てきたわよ。
エルザ　ごはん食べながら見てきたわよ。
クローディア　やめてよ知らないクセに！
エルザ　（笑って）こわい。怪奇ミイラ女。

女もののドレスを身につけたリトルチビが、不機嫌な表情で階上に現れた。

エルザ　あ。
リトルチビ　……。
デボア　似合う似合う！
リトルチビ　（ボソリと）似合わねえよ。
デボア　似合うわよ、ねえ。
カミーラ　（うなずきながら）シチリア王国の王女様みたい。
エリセンダ　なんでシチリア王国なのよ。
リトルチビ　向こうにいる。
デボア　駄目よ来て来て！
リトルチビ　……。

リトルチビ、渋々降りて来た。

エルザ　なにどうしたのこれ。
デボア　臭いから洗濯してあげたのよ、服。
リトルチビ　なんかねえのかよ他に男もん。
デボア　似合うわよ。
エルザ　あらそうかしらぁとか言ってみ。
リトルチビ　やだよ。
エルザ　（銃を抜いて）言いなさいよ。
リトルチビ　……あらそうかしらぁ。

エルザ　（銃口を向けて）もっと感じをこめて。
リトルチビ　……あらそうかしらぁ。
エルザ　よし。（銃を引っ込めた）
エリセンダ　「今度の火曜日は森へ菜の花を摘みに行きましょっと」はい。
リトルチビ　やだよ！
エルザ　（銃を出して）言いなさいよ。
リトルチビ　やな奴だなお前。
エルザ　お前って言うな。
エリセンダ　早く。
リトルチビ　今度の木曜日は、
エリセンダ　火曜日よ！
リトルチビ　いいじゃねえかよ何曜日でも！
エリセンダ　ダメ、木曜日は都合が悪いのよ。
リトルチビ　（半ばヤケクソで）「今度の火曜日は森へ菜の花を摘みに行きましょっと！」
カミーラ　もっとシナがほしいわね体に。（やって）「今度の火曜日は森へ菜の花を摘みに行きましょっと！」
リトルチビ　（カミーラがあまりにもバカみたいだったので）やだ！
エルザ　殺すよ。
リトルチビ　そんなバカみてえなマネするんなら殺された方がマシだ！
デボア　そんなこと言わないで、今日はこの人の誕生日なんだから。
カミーラ　そうそう、誕生日プレゼントにお願い。

リトルチビ　嬉しいのかよこんなものプレゼントされて！
カミーラ　嬉しいわ。
リトルチビ　（やって）「今度の火曜日は森へ菜の花を摘みに行きましょっと」
クローディア　三十五点。
リトルチビ　うるせえ！　男は男らしく生きてくんだ！
デボア　（手をあげて）はい！　じゃあじゃあ、「隣の客はよく竹やぶに竹たけかけかけたかったわぁん！」（言えてない）
エリセンダ　なによそれ。
エルザ　っていうか言えてないじゃない。
カミーラ　っていうか早口言葉二つ混ざっちゃってるじゃない。
エルザ　っていうか言えてないじゃない。
リトルチビ　勝手にやってろ！（と階上へ）
デボア　ちょっと僕、僕！
リトルチビ　服乾いたら教えろ！

リトルチビ、階上奥へと去った。
クローディア以外の人々、〝ああ遊んだ遊んだ〟という雰囲気。

カミーラ　いくつあの子。
エルザ　七つだって言ってたかな。
カミーラ　じきに胸も膨らんでくるわ。

エルザ　……!?　……やっぱりそうなんだ……。
エリセンダ　悩むでしょうね……。
デボア　可哀相だわね……なんか、なんとかしてあげられないのかしらね、ホルモン焼きとか打って。
カミーラ　ホルモン焼きは打てないでしょ。
エリセンダ　注射針つまっちゃうからね、ホルモン焼き入れて打ったらね。
エルザ　（しみじみ）……ってことは本っ当に一人もいないんだ男は……。
エリセンダ　え何が？
エルザ　だから、この村に、男が。
エリセンダ　いるわよ。ねえ。
カミーラ　いますよ。
エルザ　誰が。
エリセンダ　誰がって、ねえ、
デボア　ごちゃまんといますよ。
エリセンダ　うちの旦那、ゼペットさん、ボレーロさん、
カミーラ　うちの旦那、トマーグラさん、アルトゥーロさん、
デボア　うちの旦那、はまだいないけど、あの人、あの人、あの人。
エルザ　ふぅん……。
クローディア　うちの父。
エルザ　ああ。（人々を見まわして）中途半端だなあ……。
デボア　何がですか？
エルザ　いや、なんか。……相当無理が生じてきてるんじゃないかなってね……それで居心地がよか

った時もあったんでしょうけど……いいんだけど……。よくないかやっぱり……まあ、この子（クローディア）はまだね、お父さんが死んだこと認めてるだけね、

クローディア　はい？

エルザ　……？　……死んだでしょお父さん。

クローディア　いいえ。

エルザ　……!?　……自殺……殺されたでしょ。

クローディア　いいえ。

エルザ　（呆れて、他の人々に周囲に）こう言ってるけど。

露骨に無視するわけではないのだが、誰も何も言わない。

エルザ　（うなずいて）ふぅん……（かまをかける風で）あしたの葬儀って、たくさん人来るのかな。

エリセンダ　来るんじゃないそりゃ。

エルザ　ふぅん……。キキさんも来るかな。

カミーラ　そりゃ来ますよ。

デボア　旦那さんが亡くなったんだから。

カミーラ　まあ、ああいうあれだから、ちょっとあれかもしれないけど、

デボア　ああ、ね。（ピストルで頭を撃って抱きつく仕草）

カミーラ　ええ。

エルザ　ふぅん……。申し合わせたみたいにモードチェンジして……。

誰も何も言わない。

エルザ　それであれだ、葬儀が終わると次の日くらいから、なんとなぁく死んでないかのような話になってくわけだ、マリネさんやゼペットさんみたいに……。へんな村。へん村。へん村さん。
エリセンダ　ビリーさん遅いわね。
エルザ　（突如きっぱりと）今夜は待つわよ。
エリセンダ　（エルザを試すように、うんうんとうなずいた）
エルザ　（自信をもってうなずいた）
カミーラ　（自信をもって）もうそろそろ来るんじゃないかしら。
エルザ　（途端に疑念）……。
カミーラ　（きっぱりと）晴れてよかった。
デボア　今夜くらいは暴れないでほしいわよね。
カミーラ　大丈夫ですよ、あたしがいますから。
エルザ　（探るように）奥さんがいるからね。
カミーラ　（きっぱりと）ええ。

エルザとカミーラ、うなずく。
奇妙な駆け引きの空気——。
ふと見ると、出入り口に新聞の束を抱えた少女が立っていた。靴屋の娘である。（エルザがドアを壊したままなので出入り口に立つ姿は全身が見える）

少女　……こんばんは。
デボア　（気づいて）靴屋さん……。
少女　新聞です。
デボア　新聞？　こんな時間に？
エリセンダ　あれ新聞屋さん熱出してるんじゃないの？
少女　はい、少し前に亡くなりました。
エリセンダ　……亡くなったの⁉
少女　はい、熱が下がらなくて。
エルザ　三十八度でしょ⁉
少女　それで私が代わりに。
エルザ　ねえ、
エリセンダ　代わりに配達してまわってるの？
少女　代わりに書いて、配達してます。
エルザ　書いたの、新聞を⁉
カミーラ　靴屋さんが。
少女　代筆です。まだ息があるうちに新聞屋さんに口述してもらって。
デボア　ごくろうさま。
少女　それであの……これが最後の新聞です。どうぞ。
エリセンダ　（受け取って）最後？
カミーラ　あら、終わっちゃうの？
少女　はい、今日が最後です。

デボア　後継ぎはいないの？
少女　いないみたいです。
カミーラ　靴屋さんは？
少女　靴屋ですから。
エリセンダ　そう……。
少女　長い間お世話になりました……。
デボア　じゃあ明日からどうすればいいのかしらね、新聞がないと村のことが何もわからないわ！
エリセンダ　今、ゼペットさんもマリネさんもクレメンタインさんも留守なのよ。
少女　亡くなりましたよね、みなさん。

沈黙。

エリセンダ　え……。
少女　書いてあります、その新聞に。

エルザ以外の人々の顔色が変わった。

少女　最後なんで、全部本当のことを書くことにしたんです。

沈黙。

エリセンダ　随分厚いわ……。

確かに新聞は随分とぶ厚かった。

少女　村に、ここ数年起こった本当の出来事が書いてあります。
エリセンダ　（声を震わせて）……なんでそんなこと……！
少女　最後ですからね……最後くらい……字汚いですけど……。
エルザ　（ボソリと）手書きなんだ。
少女　文法もメチャクチャですけど……最後に、村の人達みんなに、本当のことを……。
エリセンダ　（絶叫し）余計なことを……！
少女　書いてありますよ……きちんと……保安官が自殺だったことも……村を出るといった娼婦をマリネさんが片っ端から殺して、みなさんそれを見て見ぬふりしていたことも……エバさんが近所の子を殺してその肉を肉屋に売ってたことも……娘の盗んだ指輪を質屋さんに売っ払ったことも……エルザさんがまたドアを壊したことも……ビリーさんが本当は、
エルザ　（大声で遮り）追っ払って！
デボア　ちゃんと、ちゃんと暴発だって書いてある⁉
少女　はい？
デボア　暴発なのよ！
エリセンダ　行きなさいよ……。
少女　はい……
エリセンダ　（大声で）行きなさいよ！

少女　はい！

少女、走り去った。

静寂。

エリセンダ、茫然自失の体でへたり込んだ。

虫だけが鳴いている。

クローディア、不意に立ち上がった。

エルザ　……みんな、読むの、新聞。

エリセンダ　村で読んでない人間はいないわ。

カミーラ　なに!?

クローディア、が、壁のライフルを手にして外へ走って行ったのだ。

デボア　危ないわよあなた！

エリセンダ以外の人々、クローディアを追って外へ。

クローディア、去って行く少女の背中に向けてライフルを構えた。

カミーラ　あの人は口述筆記しただけだから！

クローディア、ライフルの引き金を引いた。
弾丸がはずれたのか、皆胸を撫でおろした。
カミーラ、さらに撃とうとするクローディアからライフルを力ずくで奪った。

カミーラ　当たったらどうすんのよ！
クローディア　かまわないわ！
エルザ　あなたねえ……

クローディア、不意をついてエルザの銃を撃った。

エルザ　あ！　返しなさいよ！（取り返して）油断もスキもないなあ！
クローディア　帰ります……。
デボア　帰るの？

クローディア、行ってしまった。
デボア、カミーラ、エルザ、エリセンダ、ボォッとした。
再び長い静寂。虫の鳴き声だけが小さく聞こえる。

カミーラ　……そういうわけです……来ませんよ、あの人は……。
エルザ・デボア　……。
カミーラ　アイアン・ビリーはとっくの昔に

エルザ　やめろ！
デボア　（エルザに）来ますよ、アイアン・ビリーは。（カミーラを気にして言い直し）ビリーさんは。
エルザ　……来ないわよ。
デボア　来ます！
カミーラ　来ない。
エルザ　（カミーラに）来る！
デボア　来ます！
エルザ　（デボアに）来ない……（カミーラに）来る……。
デボア　（エルザを見ながら）ああ、揺れてるわこの人……！
カミーラ　……ごめんなさいね……せっかく待って頂いたのに……あたしもね、今日くらい、お誕生日くらいね、二人で一緒に……

カミーラ、夜空を見上げた。

エルザ・デボア　……。
カミーラ　（ハッとして、エルザに）ちょっと待っててね。

そう言うとカミーラ、店の中へ。

エルザ　……？

店の中ではエリセンダが酒をガブ飲みしていた。

カミーラ　（持っていたライフルを置くと、エリセンダに）あの、いつものは……？

エリセンダ　（半ば朦朧として）……あるでしょ……。

カミーラ　はい。

カミーラがエリセンダの状態を気にしながら壁にかけられた絵をはずすと、そこは隠し棚になっていた。カミーラ、棚の中からカウボーイ服一式とガンベルト（銃が装着されている）を出した。

カミーラ　ありました。

エリセンダ　（うつろな目で一点を見つめ）……。

カミーラ　（微笑みかけ）……元気出しましょう……レコードでもかけます？

カミーラ、蓄音機の上のレコードに針をのせ、外へ。

静かに音楽が流れ始める――。

カミーラ　（嬉しそうにエルザとデボアに衣裳を提示）

デボア　あ。

エルザ　……何それ……。

カミーラ　（デボアに）ちょっと持ってて頂けます？（服を脱ぎ始めた）

エルザ　（驚いて人目を気にして）なに脱いでんのよ……！

カミーラ　見られて困るような人間はいないでしょ、この村には。
エルザ　（ボソリと）そういう問題じゃないじゃない……。

以下、カミーラはデボアの援助を得てがむしゃらに着替えながら――。

カミーラ　これを着てね、いつも、一人でお皿を割ったりしてるんです。
デボア　（嬉しそうに）いっぱい割るわよねビリーさん。ガシャーンガシャーンて！
カミーラ　気持ちいいのよね、ガシャーン！　ドンガラガッシャーン！　ガシャンガシャンガシャンガシャン
　ドカーン！　ガビーン！　って。
エルザ　（力なく笑いながら小声で）ガビーンて、ショック受けちゃってんじゃない……。
デボア　すごいのよねビリーさん、男と見れば殴る、女と見ればぶち込む。
カミーラ　昔の話ですよ。
デボア　男らしいのよ。
カミーラ　でも本当は優しいんですよ。（笑った）
エルザ　……。

店の中では、階上にリトルチビが姿を現した。

リトルチビ　（エリセンダを見つけて）おい。
エリセンダ　（焦点の合わぬ目で見た）
リトルチビ　濡れててもいいよ。着る！

エリセンダ　(立ち上がった)
リトルチビ　服、服持ってきてくれよ!
エリセンダ　ヘビ……(逃げるが、足元がおぼつかない)
リトルチビ　え!?
エリセンダ　ヘビ……来るな!
リトルチビ　(苛立って)ふざけてんのか、服!
エリセンダ　(小さな悲鳴)
リトルチビ　おい、俺をバカにすんなよ!

エリセンダ、首に巻いていたスカーフをほどいた。

リトルチビ　……?

エリセンダ、リトルチビの首にスカーフを巻きつけると思いきり絞めた。

リトルチビ　ぐわっ!
エリセンダ　(悲鳴をあげながらさらに締め上げた)
リトルチビ　(苦悶の声)

やがて、リトルチビ、息絶えたかのようにぐったりした。

エリセンダ　（息荒く）……。

明かりが変わると、外ではカミーラがほぼ着替え終わっていて——。

カミーラ　（エルザに）どうですか？
デボア　（はしゃいで）あビリーさんだビリーさんだ！
エルザ　（苦笑して）いちいち毎晩着替えて皿割ってたんだ。
カミーラ　ええ。どうですか？
エルザ　似合う似合う。
デボア　似合う。
エルザ　（演じて）「待っていたわよ、ビリー」（演じるのを止めて笑った）
デボア　（はやしたてて）あ格好いい！　エルザ！　早撃ちエルザ！
カミーラ　（演じて）「久しぶりだな……早撃ちエルザ……。」
エルザ　覚えてないわよきっと。
カミーラ　あ、そうなんですか。
エルザ　（演じて）「覚えてないでしょ……あたしのことなんて……」
カミーラ　（演じて）「すまないな……今思い出せない」
エルザ　謝らないわビリーは、すまないなんて言わない。
カミーラ　言いますよ。
エルザ　言わないわ。極悪非道で、血も涙もない奴だもん。
カミーラ　（不服で）そんなことありませんよ……。

エルザ　（無視して演技を続けようとする）
カミーラ　（強く）そんなことありません！
エルザ　（制して、演じる）「覚えてないんでしょ……あたしのことなんて……」
カミーラ　（仕方なく演じて）「さあて……誰だっけかな……」
デボア　（遊ぶようにカミーラに耳打ち）よぉく考えよう。

向かい合うエルザとカミーラのやりとりは、次第に静かな熱を帯び、演技なのかどうかが曖昧になってくる
――。

エルザ　よく見て、あたしの顔を……誰かに似てない……？
カミーラ　……。
エルザ　……。
カミーラ　さてね……。
エルザ　よく見てよ……わからない……？
カミーラ　わからんね……。
デボア　（やはり遊ぶように）誰だろう？
エルザ　あなたが火あぶりにして殺した、ローラ・セジュウィックの娘よ……！　父さん……。
カミーラ　……。
デボア　（空気が読めないのか）かっこいい！
エルザ　会いたかった……ずっと会えるのを待ってた……
カミーラ　……。

エルザ　ずっと待ってたのよあなたを……あたしは……！
カミーラ　驚いたな……。
デボア　いいぞ！
カミーラ　へえ……あんたがローラの……。
エルザ　死んでもらうわ。
カミーラ　……！

エルザ、銃を抜く。緊張感。と、エルザ、そこで芝居をやめて銃を下ろし、笑った。

エルザ　どう？
デボア　最高！
エルザ　サンキュ！

その瞬間、カミーラが銃を抜き、エルザを撃った。
静寂。
エルザ、ゆっくりと崩れ落ちた。

デボア　……よし！　いいぞ……
エルザ　（苦しそうに傷口を押さえ、やがて苦笑しながら）……撃てばよかった……いつもこうなのよ……銃を抜くのは誰よりも早いのよ……自信があるの……ただ、抜いてから撃とうかどうしようか十分も二十分も考えちゃうのよ……。

エルザ、そう言うと素早く銃を抜くが、エルザの指が引き金を引くより一瞬速く、カミーラの銃弾が三発、エルザの胸に打ち込まれた。

エルザ　ね……。（微笑んで倒れた）

エルザ、死んだのか。

店内では、ぐったりしていたリトルチビが不意に半身を起こすと、這いつくばって必死に逃げようとした。

エリセンダ　！

だがわけなくエリセンダはリトルチビをカウンターへと追いつめた。

リトルチビ、マリネに追いつめられた時と同様の方法でエリセンダの気をそらそうとする。

リトルチビ　（エリセンダの後方をさして）あ！

エリセンダ　（無視してにじりよる）

リトルチビ　（必死で指をさし）あ！　あぁ！

エリセンダには通用しないことがわかると、リトルチビ、泣きながらようやくカウンターの裏側へと逃げ込んだ。

エリセンダ、カミーラがカウンターに置いたライフルを手に取った。

エリセンダ、カウンターの裏側にうずくまっているリトルチビに向かってライフルの引き金を引いた。

その銃声にカミーラが振り向いた瞬間、倒れていたエルザの銃弾がカミーラの胸をえぐった。

カミーラ　！

カミーラ、倒れた。

デボア　……引き分け！

カミーラ、倒れたまま、笑い始めた。

デボア　……！

カミーラの笑いに応えるように、エルザも笑い始める。二人の笑い声、静かに、やがて大きく。最後の力をふりしぼるように。

その笑いのなか、店内ではエリセンダ、カウンターの中へ。

エルザ、カミーラ、息絶えた。

デボア　……引き分けです。二人とも勝ち！（エルザの遺体に耳をそばだて）うん、うん、うん、うん……（カミーラの遺体に近づき、その耳に）「あたしはいつまでも待ってるわよ」だって。……うん、うん、うん、（再びエルザの方へ戻り）「必ず行くから」って……。

犬の鳴き声。

デボア　ドナヒュー。（二人の遺体に教えてあげるように）ドナヒュー。鳴いてるわ……。

もう一度、犬が鳴いた。
デボア、店の扉を横切って犬の声がする方へ行こうとした際、ふと、店の中を覗いてみた。デボア、よろよろと店内へ。
リトルチビの生首を持ったエリセンダがカウンターから顔を上げた。

音楽、高鳴って――。

溶暗。

了

テイク・ザ・マネー・アンド・ラン

TAKE
THE
MONEY
AND RUN

登場人物

姉（28）・アルバイトで乗船
妹（23）・アルバイトで乗船
茨目リカ（26）・元銀行員
瀬名時夫（41）・リカの上司
瀬名耳夫（32）・時夫の弟、少し頭が弱い
一之江キリナ（30）・元アイドル
衣笠（36）・キリナのマネージャー
金王周三郎（60）・某製薬会社の社長
田中（23）・船員
老婆（80）
船長（50）
金王の妻（32）
佐久間（29）・元保険勧誘員
女子大生１　美大生（20）
女子大生２　短大生（20）

二〇〇九年、夏、関東に大地震が起こった。十四年前に神戸を襲った、あの悪夢の何倍ものダメージを負った首都の中に埋もれていった命は数知れない。

政府は混乱のなか、公正と称する抽選を行い、選ばれた何万人かだけが、南の島にある、当面の避難所兼仮住居へと向かうことになった。その島には、かつてバブル末期に建設されたまま放置されたレジャーランドがあるのだという。

今、何百もの船が一斉に海をゆく。そのうちのひとつ、船団の最後尾を進む一艘の後部甲板が、これから始まる物語の舞台である。

乗客席は本来ならば二階の一等席と一階の二等席に分かれているが、最終便であるこの船に乗船している避難民は最後の三十数名のみなので、そのへんは自由になっている。二階には小さいながらも船長室と士官室がある。その横には缶ドリンクの自動販売機とダストボックス。甲板一階には、新聞、雑誌、コーヒー、菓子類などを売る簡単な売店、テーブルが三つ、各テーブルに椅子が二つ三つずつ、テーブルの一つにはおあいそ程度の、古ぼけたパラソル。メガホン型のスピーカーからは必要に応じて船内放送が流れるのだろう。


（開演前）

舞台上はまだ仄暗く、細部は見えない。

場内には、波の音に混じって、「お金関係の唄」が、次々とBGMとして流れている。どこか遠い音色に聴こえるのはリバーブ・エコーがかかっているからだ。

「マネー」（浜田省吾）
「マネー・マネー・マネー」（アバ）
「金だ金だよキンキラキンのキン」（ハナ肇とクレイジーキャッツ）等、お金を肯定的に唄った曲ばかりである。
やがて開演の時刻になる。
音楽は消え、波の音高なるなか、客電アウト。
波の音のなか、スクリーンに以下のスライドが投影される。

『二〇〇九年、夏。』
『関東一帯をかつてない大きな地震が襲った。』
『時局は混乱を極め、デマが飛びかう。』
『人々のざわめきは悲鳴や絶叫に変わり、』
『やがて、ひとつに凝縮されたすさまじい声となって』
『喇叭のようにまっすぐ空へと立ち昇っていった。』

音楽入る。

1・姉妹

音楽はいつの間にか舞台上の船内放送用スピーカーから流れており明かりが入る。
夜の海を漂う、さほど大きくもない客船の後部甲板。
今、そこにはアルバイトで売店の売り子をする姉妹と、元生命保険会社の勧誘員の佐久間がいる。
売店には三枚のサイン色紙が飾ってあるが、どれも同じ人物のサインのようである。

佐久間　ですからね、何度も言うようだけど、特別条件契約とはいっても、今回みたいな地震やそれから火山の噴火？　あと津波？　による被害もすべて条件付きになってるはずなのよ、ね、戦争やテロで亡くなった場合も同様なんだけど、というのは被害があまりに大規模になると会社の支払い能力を超えてしまう場合があるの。だから比較的被害の少ないものに限定して保険金を支払わせて頂くことになってるっていうのはこれ全部契約時に担当者がお渡しした〝御契約のしおり〟を読んで頂けるとね、全部書いてあるはずなんだけど。汗かいてきちゃった。

姉　で結局頂けるんですか頂けないんですか？

佐久間　ですから、私もうこの春から違うんですって、袋手生命の社員じゃないんですって。

姉　もちろんですからそれは存じてるんですけど、

佐久間　じゃなんで私に言うの？　そういうことは担当者に聞いて頂かないと、だって私たまたま乗り合わせただけなんですから。

姉　ですけどですけどいくら電話しても全然通じないし、たまぁに通じたかと思うと、なんかテープで妙に明るい女の人が、「はい、袋手生命でございます」。私、なんだかバカにされてるような気がしてきて（嗚咽）

佐久間　そんな。

妹　（制して）お姉ちゃん。

姉　かと思えば低ぅい声の男の人が「ハイ、ミタケです」。なによミタケって！

妹　だからそれはお姉ちゃんが違うとこかけちゃったんでしょ。（佐久間に）すいません。

とそこへ船員の田中が来た。頭にポマードを塗りたくった軽薄そうな若者である。

田中　お疲れ、あ泣いてる。どうしました？　フランダースの犬でも読みましたか～？

妹　やめてよ。

田中　何が？

姉　（いっそう泣いた）

妹　（姉に）あさって島に着いたらまた電話してみよ、ね。

姉　どうせつながらないわ。

田中　なに、電話？

妹　きっとあさってには回線の方も落ち着いてるよ。

姉　だってどうせ話す気ないんでしょ向こうは。

妹　んなことないよ。

佐久間　ええ。

姉　あるわよ。だってだからミタケですなんて言うんでしょ。
妹　んんその人はミタケだからミタケですって言ったのよ。
姉　言えばいいって問題？
妹　え？　だって……え？（混乱して）
田中　（姉の手を見て）うわ、でかい手。
姉　誠意をもって話せるのかってことでしょそのミタケならミタケが。
佐久間　いやミタケと話したってしょうがないでしょ。
姉　（責めるように）ほらそうやって！（号泣）
佐久間　え!?
田中　話すだけ話してみりゃいいじゃん。
妹　わかってないクセに余計なこと言わないでください。
田中　聞いてりゃ大体わかるよ。
妹　全然わかってない！
姉　（不意に妹に）保険金降りなかったら節ちゃん手術出来ないんだよ。

微妙な沈黙。

田中　手術？　なんの？
妹　（姉に）それはそうだけど……。
姉　そうでしょ、どうするのお金ないよ。
田中　えナニ手術って。

妹　なんとかなるよ。
姉　ならないでしょなんとかなんて。お金ないんだもの。
妹　（イライラしてきて）お金ないお金ないって言わないでよ。
姉　わかった、お金あるうお金あるう！
妹　（ベソかいて）そういうことじゃないって、わかってるクセにそうやってお姉ちゃんは！

妹、そう言いながら姉を子供のようにひっぱたき始めた。
泣く姉妹。居心地の悪い佐久間。

妹　（泣きながら）大体お姉ちゃんがへんな男に騙されるからお金なくなっちゃったんでしょ！
姉　（驚いた表情で顔を上げ）へんな男!?
妹　へんな男よ。
姉　森島さん？
妹　他にいないでしょ。
姉　森島さんのどこがへんなのよ！
妹　どこって、へんじゃないとこ探す方がむずかしいでしょ、なんかいつもわけのわかんない唄うたって。
姉　シンガーソングライトよ！
妹　なにが！　なによあの唄、（唄って）♪山に登れば山～、
妹・姉　♪海に登れば海～。
田中　いい唄じゃん。
妹　海には登れない！

佐久間　（立ち去りつつ）じゃあ私そろそろ。
姉　（強く）待って！
佐久間　（思わず止まった）
姉　（妹に）じゃあお姉ちゃんのせいだって言うの？
妹　森島さんのせいだって言うの。
姉　違うわよ。だって森島さんに通帳と印鑑渡したのはお姉ちゃんだもの、森島さんはただそれを降ろしてふわーってどこかへ行っただけよ。
妹　だから騙したのよお姉ちゃんを！
姉　んん違う。
妹　なんでかばうのあんな男。
姉　（一瞬言葉に詰まるが）……避難したのよ。
妹　地震が起こる二週間も前に!?　森島さんてカラス？
姉　……え？（意味がわからない）
妹　……だから地震を予知できるんですかって言ってるの。
姉　え、カラスって地震わかるの？
妹　らしいよ。昔テレビでやってた。お姉ちゃんも一緒に見てたじゃない。
姉　見てないよ。
妹　見てたよ。
姉　何《なん》チャン？
妹　え……。（思い出そうとした）

佐久間、不意にダッと走って階上へと逃げた。

姉　あ！　待ってください！

佐久間　私ホントもう関係ないんです！

佐久間、そう言うと二階出入り口へと去った。

妹　あの人にこれ以上言っても無駄だよ、可哀相だよ。

姉　だって！

田中　（姉に）どうせ逃げられませんよ、海の上ですから。野中の袋ねずみですよ。

姉　袋の中のねずみでしょ！

妹　お姉ちゃんその人わかってて言ってんだから。

田中　そうそう。なんだ野中の袋ねずみって。地方の名産？　まずそう。

妹　（姉をなだめて）もう退社したんじゃしょうがないよ。ね。

姉　（あきらめきれず）だって、じゃあ……じゃあなに、お母さんはタダってこと？

妹　（思わず爆発して）やめてよそういう言い方するの！

姉　あなただってどうするのよ。

妹　……。

姉　……。

妹　……まだ時間あるよ。

姉　……。

妹　ね……。
姉　……なにさ退社退社って……（ヤケクソで）じゃあ私だって退社！
田中　（ボソリと）入社してねえからなあ。（妹に、矢継ぎ早に）え、なに、保険屋？　手術すんの？　どこを？　保険金て誰の？　いくら？　海の水はどうしてしょっぱいの？
姉・妹　（わっと泣いた）

少し離れた位置から衣笠、来るに来れずにいた。

田中　あ。
衣笠　いいかな？　大丈夫？
田中　あ、いらっしゃい。お客さん、キリナさんの……。
姉・妹　（すごい顔と言い方で）いらっしゃいませ！
衣笠　（気圧されて）出直そうか？
田中　大丈夫です大丈夫です。いらっしゃい。キリナさんの（マネージャーさんですよね）
衣笠　あ、ええ（売店に飾られたキリナのサイン色紙を見つけ）あ、あいつ。
田中　ええ、すいません頂いちゃったみたいです。
衣笠　三枚も。
妹　すみません。
姉　（キリナをさげすむ風に）勝手に書いていったのよ。
妹　お姉ちゃんそんなことないじゃない。
姉　だって色紙だって自分で持って来たんだもの。マジックも。七色も。あとこれなんかチラシ。

姉、キリナに渡されたらしきチラシをポケットから出した。

衣笠　すいませんね。

妹　いえすみません、プライベートなのに。

衣笠　あの女にプライベートなんてありませんよ。（サイン色紙に書き添えられた言葉を見て）あれ、何書いてんだあのバカ。

妹　何か一言添えてくださいってお願いしちゃったんです。

衣笠　（読んで）「薬局」

田中　一言ですね。

衣笠　（別の色紙に目を移し、そこに書かれた言葉を読んで）「人生はまるで」……まるで何だよ！

田中　（両手で頭上に輪を作り）「人生は丸で」ってことじゃないですか。

姉　違うわよ。なんかやめちゃったのよ他のことに気がいって。

衣笠　（最後の一枚の色紙に書き添えられた言葉を読んで）「唄こそ、唄わせて」すいませんねえ。何も考えてないんですあの野郎。

妹・田中　（口々に「いえいえ」など）

田中　（姉がもらったというチラシを示し）何のチラシですか、コンサート？

妹　コンサートコンサート。

田中　（チラシを覗き込み、読んで）「虹色フェスタ2009」（ことさら感心するフリをして）へえ。

衣笠　気がつきませんか？

田中　え。

衣笠　誤植。
田中　誤植？
姉　虹っていう字。
田中　（気づいて）あっ。
衣笠　蛇になってるでしょ。
田中　ホントだ、「蛇色《へびいろ》フェスタ２００９」。
姉　ああやなフェスタ！
衣笠　パンクのイベントみたいでしょう。いっそのこと「蛇色猛毒フェスタ、十三日の金曜日」、とかね。（皆、反応できない。で、）おかしいねえ。（と笑った）
妹　（合わせるように笑って）でも今田中さんも言われるまで全然気づかなかったですよね。
田中　全然全然。っていうか出演者の方に目がいくでしょこれ。これすごいですねメンツ。
妹　完全復帰ですねキリナさん。
田中　（チラシを見ながら）サザンと、チューブと
妹　もうなんか聞いただけで水着になりたくなっちゃう。

やや白けたか、というごく短い間。

妹　みたいな。
田中　あとオメガトライブ一度限りの再々々結成っていうのもこれ見逃せないでしょう。
妹　見逃せない。だけどなんと言っても目玉はね、

衣笠が唄い出すので妹も一緒に、かつて一之江キリナがヒットさせた唯一の曲のサビのリフを口ずさんだ。

衣笠・田中・妹 ♪私の奴隷、募集中。私の奴隷、募集中。（フリまでつけて）私の奴隷、募集中。私の奴隷、募集中

衣笠 （不意に）やらんのですよ。

妹 （唄っていたが）え？

衣笠 中止なんですわ。

田中 え、フェスタ自体が？

衣笠 キリナの奴はまだ知らんのですが……。十六ヶ所で予定していた秋のツアーも全部中止。

妹 ええ、なんで……⁉

姉 こんな時に浮かれてる場合じゃないってことでしょ。

妹 お姉ちゃんあとは私やるからもういいよ。（衣笠に）すみません失礼なことばかり。

衣笠 いえいえ、失礼っていったらあのバカ女の方がよっぽど失礼したでしょう。

妹 いえ。

衣笠 （チラと色紙を見て、つくづく呆れて）なんだ薬局って……。

妹 （姉をフォローして）なんだか今日は特に疲れてるみたいで。

姉 疲れてなんかいないわよ。お姉ちゃん節ちゃんのこと心配してるだけでしょ。

妹 わかってるよ、島に着いてから考えよ、ね。

衣笠 あんなことがあったんだ疲れもしまさあな。キリナみたいにヘラヘラしてられる方がおかしいんです。でもなんちゅうか、いろんな考え方がありますが、私なんかが思うに、こういう時こそパァッとやって、灰色の街を、鮮やかな（自嘲気味に笑い）蛇色にねえ、こうね。

妹　（愛想笑いで）ですよね。
姉　（真顔で）不謹慎よ。
妹　……。
田中　（フォローするように）だってこれ十月ですもんねえ。二ヶ月あれば、こういう言い方しちゃあれかもしれないけど、ほとぼりだって、
衣笠　ダメなんですわ、会場の大宮ソニックシティの方が。
田中　反対してるんですか。
衣笠　今回の地震で全壊したようです。
田中・姉・妹　……。
衣笠　いや、ハッキリはわからんのですけどね。ともかく中止は中止らしい。
田中　そうなんですか……。
妹　キリナさん可哀相。
衣笠　知らぬが仏ですわ。まあ一応本人には。（と口に人指し指を）
田中・妹　はい。
衣笠　（姉に）こちら返事なかったけど。
妹　大丈夫です。
姉　節ちゃん口止め料もらえば？
衣笠　おやおや。
妹　（姉に）バカ！（衣笠へ）すみませんホントに。
衣笠　まあいずれにせよバレることですけどね、やっぱり言うタイミングっちゅうもんを考えんと。
田中　ああ、ショックがね、

衣笠　いやショックなんかどうだっていいんだけど、ヘタに刺激して駄々こねられっと銭んなるもんもならなくなっから。
田中　ああ。
衣笠　んん。
田中　大変だマネージャーさんは。（笑った）
姉　（ぼそりと）お金は大切だわ……。
田中　え？

突然スピーカーから音楽が流れ始めた。雑音まじりである。

妹　（スピーカーが）調子悪くて……。
衣笠　しかしなんでこうもみんな言うことが違うんだい。
妹　マスコミですか。
衣笠　ラジオ聴いてもバラッバラだよ。どれを信じていいんだか……。
姉　誰も信じられないわ……。
衣笠　まったくですよ。これじゃ被害の大きさがさっぱりわかんねえやね。島に向かってる船の数ひとつとっても、朝日新聞は七百だって言ってるけど読売は三千だって言ってる。こんなバカな話あるかい。東スポに到っては、読んだ？
田中・妹　いいえ。
衣笠　『避難船、すべて出航中止』って……それじゃあ俺たちが乗ってるこの船はなんだい。

音楽、止まった。

田中　東スポですからね。先週だったかも『猪木落下、死亡』って。俺超ショック受けて。
衣笠　ああ、よぉく見ると小さぁく〝から〟って書いてあって、『猪《いのしし》、木から落下、死亡』
妹　ひどいよね。
衣笠　ひどいです。
田中　昨日の見出しにもついてましたよ、小さいのが。
衣笠　え、何ですか、『避難船、すべて出航中止か？』とか？
田中　『出航中止中止』とか？
妹　いや、『さ』。
衣笠　さ？
田中・妹　『避難船、すべて出航中止さ』
衣笠　意味は変わらないじゃないですか。
妹　そうなんだよ。
衣笠　キザな分だけ腹が立ちますね。
田中　うんひどいよね。
衣笠　ひどいです。
田中　（不意に）また鳴いた。
姉　なに？
妹　（遠い目で）……やっぱり何か乗ってるんだわこの船……。
姉

衣笠　え……？
姉　今鳴いたもの。（と耳をすました）
妹　え……⁉
姉　鳴いたのよ、聞いたこともない鳴き声で。悲しそうに。

沈黙。

田中　あれじゃない？　風かなんかで、何かと何かが、どうかした音じゃない？
姉　違う。
妹　じゃ、誰かの寝言よ。
姉　人間じゃない。
衣笠　じゃあれじゃないかな、
姉　違う。
衣笠　……。
姉　何か乗ってる……。
妹　やめてよ気味悪いなあ……。
姉　あたし……

姉、なにかに誘われるようにしてフラフラと歩き出した。

妹　お姉ちゃんどこ行くのよ。もういいから薬飲んで寝なよ。

姉　あんたこそ薬飲んで寝なさい。
妹　二人とも寝ちゃったら売店どうすんのよ。
姉　（振り向き、衣笠に）その子病気なんです、手術しないと死んじゃうの。
田中・衣笠　!?
妹　（姉の言葉を遮って）お姉ちゃ……（去って行く姉に強い口調で）戻りなよ！
田中　そうなの？
妹　嘘々。
姉　お金もらわないと。
妹　（爆発して）いい加減にしてよ！　もう！　お姉ちゃんも一緒に乗せてくれなんて頼むんじゃなかった！
衣笠　（妹の突然の怒りを面白がるようなニュアンスで田中に）あらら……。
田中　（妹に）あ俺見てるよ。（売店のことだ）
妹　すいません。お姉ちゃん！

妹、姉を追って去った。
残された二人、しばしボォッとしていたが、

衣笠　たいへんだぁみんな……。
田中　ええ……。
衣笠　死んじまうのかな……？
田中　え？

衣笠　死ぬ前にビデオに出る気ねぇかな……姉妹で……。
田中　え？
衣笠　いや。ガムちょうだい。
田中　あ、はい。（売店の中へ）
衣笠　なんとかトオルの、どれだ？（と商品を見回した）
田中　（わからずに）え？　コマーシャルですか？
衣笠　あのホラ、なんとか徹が……。
田中　渡辺徹？　仲村トオル？
衣笠　あこれだ。（と一つを手にした）
田中　あ、キシリトール。
衣笠　いくら？
田中　いいすよ。
衣笠　いいよ。
田中　すいません。
衣笠　いくら。
田中　えーと……あれ……？（わからない）
衣笠　え。
田中　（探すが値段は書いてない。で適当に）五百円です。
衣笠　（驚いて）そんなすんの!?　ガムだよ。嚙んだら出すよ。
田中　あ、じゃあ百五十円です。
衣笠　じゃあってなんだよ。驚いちゃったよ。（とサイフを出し）百五十円ね。

田中　百五十円。
衣笠　百五十円ねえや。
田中　おつりありますよ。
衣笠　ああ、つりはいいや。
田中　え、でも
衣笠　いいいい。（と大きく拒否）
田中　すいません。
衣笠　うん。

と、金を払わずにガムを持って去って行く。

田中　どーも。
衣笠　（行きながら）うん。
田中　ありがとうございます。（金をもらってないことに気づいて）あれ⁉
衣笠　（振り向いて）ん？
田中　いえ、キリナさんに応援してますって言っといてください。
衣笠　寝てるよいびきかいて。
田中　ハハハ。

衣笠、行ってしまった。

田中　（とたんに真顔になって）……。

田中、例のキリナの曲を口ずさんでいる。と、そこへ、口ヒゲを生やした七三分けの、大人なんだか子供なんだかよくわからない風貌の男（耳夫）がやって来た。

田中　あ。（ニヤリと笑った）
耳夫　あ。（避けるように目をそむけた）
田中　なんだよ。
耳夫　別に……。
田中　さっきも一人でウロチョロするなって怒られてたろ。誰だあれ、姉ちゃんか？
耳夫　姉ちゃんじゃない。
田中　じゃ妹？
耳夫　（首を振る）
田中　じゃあなんだよ。（小指をたて）まさかコレだなんて言うんじゃないだろうな。
耳夫　（意味がわからずに）コレ？
田中　おまえいくつだよ。
耳夫　三十二。
田中　俺より十近く上じゃん、何やってんの？
耳夫　あのねえ。
田中　うん。
耳夫　それがお客様に対して言う言葉？

田中　（どついて）うるせえよ。俺はね、弱いなって思った奴には強いんだよ。世の中はね、弱肉強食ってな、うまい肉を一枚でも多く食べた人の勝ちってな、そういう意味だよ。

耳夫、突如売店の商品をわしづかみにするとそこらじゅうに投げつけた。

田中　ああ！

耳夫、手当たり次第に散らかしまくり、さらに持てるだけの物を持って走り去った。

田中　この野郎！

田中、追った。
それで、そこには誰もいなくなった。
ノイズまじりのラジオがスピーカーから聞こえ始める。
ニュース番組だ。

声1　であり、地震の被害は史上最悪の、

チューニングが変わって、別のニュース。

声2　都心部は落ち着きを取り戻し、

チューニング変わって、音楽。
(以下、チューニング、変わり続けるが、情報はバラバラで、まったく状況がつかめない)

声3 (杉) 並区、墨田区、北区だけでも、断水の為、一万戸近くの火災が、未だ未消火であるとの、
声4 (満) 天の星空の下、隅田川では、毎年恒例の花火大会が行われ (ました)
声5 都内の交通機能は完全にストップ、

音楽。
一人の中年女がやって来て売店の惨状を発見した。後で登場する金王という男の妻である。

金王の妻 ……!?

金王の妻、誰もいないことを確認すると、やにわにチョコレート等の菓子類や雑誌数冊抱え込むようにして早足で去って行った。
再びニュースがスピーカーから流れる。

声6 東京ドーム、巨人対阪神は16対1で巨人の惨敗。新監督江川は無能だという声も、
声7 ガス、水道とも復旧のめどはたっておらず、
声8 特に、災害後の被害対策の不備に対する非難が、新都知事、ドクター中松こと中松義郎氏に集中しま (した)

2・時夫

音楽。
階上に耳夫の兄、時夫が現れた。足にギブスをしており、松葉杖をつきながら階段を降りて来る。

時夫　……耳夫。耳夫。

時夫、売店の無人状態と、散乱した商品に気づいた。

時夫　!?（周囲に）ちょっと……ちょっとこれ……。

ノイズ、続いて再びラジオが流れた。

声9　ら三人が、震災による混乱にまぎれて、現金一億七千万円を奪って逃走していたことが明らかになりました。
時夫　！
声9　警察では、（ノイズ）
時夫　！　耳夫！　耳夫！　耳夫ぉ！（再び階段を上って行く）
声9　であり、逮捕された元同銀行行員、岡竹春容疑者、三十四歳に事情聴取し、逃走中の二名につ

いての（ノイズ）

時夫　耳夫ぉ！　耳夫！

その取り乱しようからして、明らかに時夫が逃走中の二名のうちの一人らしいことがわかる。
時夫が階上に駆け上がり、船内に入ろうとしたその瞬間、ドアが開いて、女子大生二人（短大生・美大生）が現れた。

美大生　（外の熱気に）わ。

時夫　あ。

短大生　わ、ほらモワッとする。

時夫　……。

短大生　（時夫に気づいて）こんばんは。

時夫　（必死に笑顔をつくって）こんばんは！（美大生にもことさら笑顔で）こんばんは！　学生さん？

短大生　はい。

美大生　いるかな。（と売店の方へ）

時夫　（美大生に）え？（自分とは関係なかった。で、不意に）じゃあ。（と行こうとした）

短大生　（美大生に）あ、ねえ、撮ってもらわない？

時夫　え。

短大生　撮って頂けません？（とカメラを渡した）

時夫　え、私と？

短大生　え？
時夫　え？　……あ、私が。

美大生は階下で売店の惨状を発見し、呆然としていた。

美大生　ミーちゃん大事件。
時夫・短大生　え。
美大生　（散乱した商品を見つめたまま）この船強盗がいる。
時夫　（大声で）ちがうんだ！

その声があまりに声が大きかったので、二人、驚いた。

短大生　どうしたんですか。
時夫　（美大生の言う強盗が売店のことだったとわかり、安堵して）あ……それね……そうなんだよ。
短大生　（ようやく売店の状態に気づいて）まあ。
時夫　そうなのそうなの、うん。それね。強盗、強盗、ひどいよね〜誰がやったんだろうね〜。
美大生・短大生　（時夫を見た）
時夫　（疑われてると思ったのか、取り乱して）あ、違うぞ、それはおじさんじゃないぞ。
短大生　え？
時夫　あ。
短大生　（笑いがもれつつ）じゃあどれがおじさんなんですか？

時夫　いや……（苦しまぎれに自分を指しておどけ）これがおじさんだあ。
短大生　（屈託なく笑って）おかしい。
時夫　（ひきつり笑いで）ハハハハ。

美大生はおかしくなかった。

美大生　これ、まずいんじゃないの。（売店のことだ）
短大生　え。
美大生　これ。
短大生　ああ、お金盗ってったのかなー。
時夫　うんだからね、だから今これあれしに行こうと思ってたところなんだよ係の人に。やっぱりちょっと行ってくるから。これ、（とカメラを返そうとした）
短大生　（美大生に）ねえ、その前に撮って頂かない？　お店の前で。
美大生　え、いいよ。（否定）
時夫　あいいって。じゃ、（と再びカメラを返そうとした）
短大生　どうして。ほら、マユチ。（と美大生を売店の前まで引っ張って行き）よろしくお願いします、おかしなおじさん。
時夫　（仕方なくおざなりに）はい。じゃ一枚だけ、ハイ撮りま〜す。

時夫がシャッターを押そうとした刹那《せつな》、

短大生　おじさん足どうしたんですか？
時夫　（動揺して）え!?
短大生　痛そう……。
時夫　あこれ、これちょっとサッカーで、
美大生　（疑うニュアンスで）サッカー？
時夫　（しどろもどろで）うんあの、サッカーで、キーックってやった時に、そうもいかなくなっちゃって。
美大生　（意味がわからず）え？
時夫　いや、おじさんこう見えてもね、大学時代はサッカー部だったことにしてあるんだ。
短大生　（笑いながら）じゃサッカー部じゃなかったんじゃないですかぁ、ことにしてあるってことはぁ。ことにしてあるってなんですか、本当は違ったってことでしょ。サッカー部じゃなかったんじゃないですか。
時夫　（遮って）さあ撮りましょう。
短大生　だって。じゃあこうやってキャッツ・アイ風に撮りましょう。（となにやら素人臭いポーズをとった）
時夫　（とにかく早く終わらせたく、おざなりに）あそれいいかも、じゃあ撮ります。
短大生　（ポーズをとりながら）マユチもやって。
美大生　（そのポーズを露骨に嫌悪して）いやだそんなの。
短大生　どうしてよ。
美大生　どうしてって……。
短大生　マユチだけだよやらないの。

美大生　二人しかいないじゃない。
短大生　（嬉しそうに）わざと言ったんでしょ。
時夫　撮ろうよ！　パッと撮ってパッと終わろうよ！
短大生　そうよ、おじさん本当は写真どころじゃないんだから。
時夫　え!?
美大生　ミーちゃん一人で撮んなよ。
短大生　えー。
時夫　なんだい、写真どころじゃないって、

美大生、一階出入り口から船内へ去って行く。

短大生　（その背中に）マユチ、まだ探すの？
美大生の声　うん。
時夫　……
短大生　（時夫に）彼女、恋してるんです……。
時夫　恋？
短大生　恋は盲目か……。
時夫　私は別に、写真どころじゃなくないよ。
短大生　だって、（意味あり気なマナザシで）いらっしゃるんでしょ奥様。
時夫　え。
短大生　（ニヤニヤ笑いながら）実は私、今朝おじさんとすれ違ってるんですよ。今朝船が出てすぐ

に。前の方のAデッキの所で。
時夫　（平静を装い）あ、そう。
短大生　あれ奥様でしょ。お二人でコソコソコソコソコソ。
時夫　いや、別にコソコソなんて、
短大生　してたでしょ。鞄がどうだとか聞こえたわ。
時夫　！（絶句）
短大生　ウフフ、壁に耳ありですよ。
時夫　（うろたえて）違うんだ。
短大生　いいえ違いません。わかってるんですよ……お見通しだって言ってるの。
時夫　わかった……わかった、要求を言いなさい。出来うる限りのことはするから。
短大生　そうね……じゃあ……これからも奥様をまっすぐに愛し続けること。
時夫　え!?
短大生　え？
時夫　それだけ？
短大生　何が？
時夫　いや。

短大生は時夫が懸念していたことは何も知らないのだった。

短大生　でもきっと大丈夫ですね。だって、なかなか言えることじゃないわ、足がお悪いのに、「鞄は俺が持つ」だなんて。あ。噂をすれば。

時夫振り向けば、時夫の部下の茨目リカがいた。

時夫　あ。
短大生　行きます。
時夫　あはい。
短大生　あ、やっぱり一枚だけ。
時夫　あはい。

時夫、シャッターを押した。短大生、瞬時にポーズをとり、フラッシュが光る。

短大生　おやすみなさい。
時夫　あはい。

短大生、カメラを受け取ると、美大生と同じ方向へと去った。

時夫　茨目君大変だ。
リカ　人は大変な時に若い女とフォトセッションしたりするかしら。
時夫　フォトセッ……バカ違うよ。
リカ　どうせバカよ。
時夫　茨目君、

リカ　（売店の惨状を発見して）何やってるんですか。
時夫　違うんだよ。（声をひそめ、泣きそうな顔で）岡チン捕まったよ。
リカ　……嘘よ！
時夫　本当だよ、さっきラジオで言ってた。
リカ　ラジオ？

スピーカーからは何も聞こえない。

時夫　今は流れてない。
リカ　課長の心の中のラジオじゃないんですか？
時夫　何バカなこと言ってるんだ。
リカ　だからバカよ。
時夫　バカじゃない。キミはバカじゃない。岡チンが捕まったんだよ。
リカ　だって新聞にだってなんにも載ってなかったでしょ。今も部屋でずっとテレビ見てましたけど、岡ポンが捕まったなんてニュース、
時夫　捕まったんだよ！　だから岡チンだけ来なかったんだろう！　岡チンは捕まったから、来れなかった。だから今ここにいない。ホラみろ説明ついちゃったよぉ！
リカ　岡ポンそんなヘマしない。
時夫　したんだよ！　くっそぉ。（ハッとして）君、鞄……。
リカ　部屋です。
時夫　どうして！　目を離すなって言ったろう。

リカ　大丈夫よ。
時夫　大丈夫なもんか！　戻れ。
リカ　ねえ、
時夫　あ？
リカ　口説かれちゃいました。
時夫　え。
リカ　ナンパ。搭乗員っていうの？　若い男に。
時夫　いっ！
リカ　今よ、あっちで。
時夫　……船員に？
リカ　船員、そうね船員。アルバイトじゃない？　若い男。ツカツカって寄って来て、いきなり「先週のヤンジャンに出てませんでしたか？」って。
時夫　ヤンジャン!?
リカ　ヤングジャンプよ。週刊誌。
時夫　知ってるよそのくらい私だって。
リカ　グラビアに出てませんでしたかって言うのよ、ヤングジャンプの。
時夫　（実は気になっているが）……なんだそりゃ。（と自分の頬をペチペチとたたいた）
リカ　なんだそりゃよ。
時夫　……それで。
リカ　それだけ。
時夫　……ホント？

リカ　さあ。
時夫　なんださあって。
リカ　（笑った）
時夫　（ムキになって）何が可笑しい。
リカ　また一つ見つけた。（と指さす）
時夫　人のこと指さすのやめなさい。
リカ　課長ってやきもち焼く時、ほっぺたペチペチする。
時夫　（目をパチパチして）やきもちなんて焼いてない。
リカ　あと、嘘ついてる時は目パチパチする。
時夫　部屋戻りなさい！
リカ　課長が戻りなさい。
時夫　私は耳夫を探してから行く。
リカ　耳夫君はいいお兄さんをもって幸せね。

と言いながら、落ちていたポテトチップスを一袋盗るので、

時夫　茨目君、
リカ　はい？
時夫　それ、ちゃんと代金払いなさい。
リカ　落ちてたのよ。
時夫　払いなさい。

リカ　（無視して袋をあけ、ボリボリと食べ始めた）
時夫　……。

時夫、自分のサイフから小銭を出して律義に売店に置いた。

リカ　ごちそうになります。
時夫　さあ、ポテトチップスも買ったんだから、戻りなさい。
リカ　大丈夫ですってば。
時夫　茨目君キミ、この前の金曜日に私が「笑っていいとも」最終回だから録画しといてくれって頼んだ時、あの時も大丈夫だって言ったよな。
リカ　あの時はダイジョーVって言ったのよ。
時夫　ダイジョーVって言ったよな！
リカ　はい。
時夫　くれぐれも忘れないようにって念を押したよな。
リカ　そうね。
時夫　で、見てみたら？
リカ　「おもいッきりテレビ」が入ってた。
時夫　最終回だけは見逃したくなかったのに！
リカ　いいじゃない「いいとも」なんて。
時夫　最終回は特別だろう！　タモさん泣いてたっていうじゃないか！
リカ　だったら奥さんに頼めばよかったんですよ。

時夫　……。
リカ　じゃあ、課長。
時夫　なんだよ……。
リカ　去年のゴールデンウィークに二人で熱海の温泉行った時、
時夫　（遮って）その話はいい。
リカ　あの時あなた絶対に大丈夫って言ったじゃない。私は危ないからちゃんとつけてくださいって
時夫　（遮って）下ネタはやめなさい。
リカ　下ネタ？　命の話よ！　生命の話でしょ！
時夫　（売店のことを）これ、何やってんだこの船は。
リカ　で、結局苦しんだのはどっち⁉　バカを見るのはいつだって女。地獄よ。
時夫　何もこんな時にそんな話しなくたっていいじゃないか！
リカ　それから……新人研修の時。
時夫　え。
リカ　葉山だっけ、あの趣味の悪い研修所。
時夫　二つ目か⁉　私は一つしか言ってないだろう！
リカ　あの研修なんですかアレ、「日本一のベストバンクを目指し、命を捧げます！」かなんかみんなで言わされて。バッカみたい。
時夫　そんなキミ何年前の話をしてるんだ。
リカ　あの時、課長、あ、あの時はまだ次長か、なんて言いましたっけ。
時夫　忘れた。（目をパチパチ）
リカ　「大丈夫！　ウチの銀行に限っては、不良債権なんてものとはまったくの無縁だ」

時夫　あんなの、あれは、言えって言われたんだよ上に！
リカ　フタを開けてみたらどうよ。
時夫　……。
リカ　資格も上がらなきゃ給料も上がらない。あいつら景気のいい時にさんざん不良債権を作っておきながら、何ひとつ責任とるでもないじゃない、
時夫　君知ってるだろう！　私も被害者なんだから。
リカ　（大声で）なんで出世するのそんな奴らが！
時夫　まったくだ。
リカ　そのクセ不良債権の回収が進まないのを全部現場の人間の責任にしてさ。そんな、元を正しゃあんたらがムチャクチャやってこしらえた不良債権でしょうよってていうのよ！
時夫　同感。でもちょっと声が大きいな茨目君。
リカ　隠さなきゃいけないような退職金七億も八億も貰ってる人間が一億七千万ぽっちでガタガタ抜かすなっていうのよ。ちくしょう！
時夫　（リカを押しやるようにして）続きは部屋でやりなさい。
リカ　なんでよ。
時夫　なんでよじゃない。
リカ　（階上に）あ。こんばんは。
時夫　!?

階上を一之江キリナが通り過ぎようとしていたのだ。

キリナ　こんばんは。
時夫　こんばんは。

キリナ、再び歩き出した。

リカ　（小声で時夫に）ファンだったんでしょ。
時夫　え。
リカ　サインしてもらえばよかったのに。

キリナ、とたんに踵《きびす》を返すと、満面の笑顔で階段を降りて来た。

キリナ　サイン？　いいですよ何枚？
時夫　あ、いや、結構です、御迷惑でしょうから。
キリナ　いえ、いいんです。
時夫　いや、でも、ああ！　あいにく今私ペンも紙も持ってないわ。
キリナ　あ、今色紙とペン持って来ます。（と階段を駆け上った）
時夫　いや、そんなわざわざ、
キリナ　すぐですから。
リカ　（時夫に）よかったですね。
時夫　（キリナの後ろ姿にピシャリと）いらないんです！

キリナ、立ち止まった。

キリナ　……。
時夫　申し訳ないけど、今日は時間がないんです。
キリナ　……。
時夫　……すみません。
キリナ　（振り向いて、笑顔を作ろうとするが作りきれず）……そうですか。
時夫　ごめんなさい。
キリナ　……お忙しいのにすみませんでした。
時夫　いや……
キリナ　……（泣き出しそうな表情）
時夫　明日でよければ……。
キリナ　……明日？
時夫　明日なら、
キリナ　（笑顔に戻って）……そうですか⁉
時夫　ええ、明日必ず。
キリナ　はい……すみませんなんか。
時夫　いえ。おやすみなさい。
キリナ　おやすみなさい。

どちらが頼み事をしているのかよくわからなくなっていた。

リカ　こんなことやってる間に書いてもらっちゃえばいいじゃないですか。（時夫が引っ張るので）
　痛いわよ！　離してよ！
時夫　おやすみなさい！
キリナ　また明日。
リカ　痛いってば。

時夫とリカ、去った。

3・キリナ

キリナ、少しの間、ぼんやりと二人の去った方を見ていたが――。ふと見ると、売店の商品が散乱している。キリナ、それらの商品を一つ一つ拾って売店に戻す。と、商品に混じって、二つに破かれた紙片を発見した。

キリナ　？

それは、衣笠がさっき破いた、あの、公演中止になったという「虹色フェスタ２００９」のチラシだ。

キリナ　！

キリナ、破れたチラシを手にすると、じっと見つめた。

キリナ　……。

そこへ妹が戻って来た。

妹　あ。

キリナ　（慌ててチラシを隠し）こんばんは。

妹　こんばんは。……（異状に気づき）なにコレ……！
キリナ　なんでしょう。

妹、慌てて売店の中に入り、金銭の盗難の有無を確認する。

妹　お金は盗られてない。
キリナ　よかったですね。（とまた商品を拾うので）
妹　すみません、（さらに拾うのを）あ、結構ですよ、
キリナ　いえ、どうせヒマですから。眠れなくて。
妹　……すみません。

以下、二人、散らかった物を片付けながら、

妹　さっき、マネージャーさんが、
キリナ　（拾っていた菓子袋を思わず床にたたきつけるように落として）衣笠ですか？
妹　（一瞬菓子を気にするが）っておっしゃるんですか？
キリナ　何か言ってました？　私のこと。
妹　いえ……特には。
キリナ　そうですか……。
妹　（気を遣って）あでも、随分熱意のこもった感じで「キリナをよろしくお願いします」って。
キリナ　ホントですか？（と再度拾っていた菓子袋を勢いよく床にたたきつけて笑顔）

妹　……ええ。

キリナ　そうですか。（ハッとして）あ、今私！　ごめんなさい！（と、別の菓子袋を踏んでしまい）踏んでしまった！

妹　いえ。

妹、嘘をついてしまったことに自己嫌悪を感じつつ——。

妹　熱心な、いいマネージャーさんですね……。

キリナ　はい。だけど本当はあの人、そんな風には思ってないと思うんですよ。

妹　え？

キリナ　私のこと。

妹　そんなことないんじゃないですか。

キリナ　いえ、わかりますから……。

妹　……。

キリナ　どんな生活にだって、生活はあるってことです。

妹　生活？

キリナ　お金。

妹　……。

キリナ　宝くじがね、当たったんですよ。

妹　え……。

キリナ　四年前のサマージャンボ。一億。

妹　キリナさん？　すごい。
キリナ　私、その頃ね、もうほとんど唄の仕事こなくなっちゃってたんで、田舎に帰って家の近所でサウナの受付やってたんですね。
妹　サウナ。
キリナ　ええ、いっぱいサインしましたよぉ。（と満足気）
妹　ああ……。
キリナ　それでね、宝くじが当たって、一応地元の新聞にも載ったんですね、カバのぬいぐるみ持ってピースしてる写真が。
妹　へえ。（笑顔で）好きなんですか？　カバ。
キリナ　（不機嫌に）むりやり持たされたんです新聞社の人に。
妹　ああ……。
キリナ　衣笠はアダルトビデオのプロデューサーやってたんですけど、その新聞見て連絡してきたんです。本気でカムバックする気があるなら協力するって……。それが出逢い……。
妹　へえ。（拾ってくれたことを）どうもありがとうございました。
キリナ　いえ。
妹　衣笠さんは？
キリナ　ラジオ聴きながら寝ちゃいました。電波の入りがどうだとか言ってたと思ったら、すぐにいびきが聞こえてきて（笑った）
妹　（笑って）そうなんですか……。……じゃあキリナさんお金持ちなんですね。
キリナ　んんでも賞金は一応、活動資金としてプロダクションにあれしたから。
妹　え、全額？

キリナ　かかるんですっていろいろ。事務所借りたり……（他に思いつかず）カーテンつけたり？
妹　（釈然としないが、合わせて）ああ。
キリナ　蛍光灯も切れるでしょ。
妹　切れますね。
キリナ　かかるんです……もうあまり残ってないって言ってた……。
妹　（キリナの無知さと純粋さを痛ましく感じつつ）そうですか……。
キリナ　私がお金渡したの知った時ね、お母さんもおばあちゃんも白目むいて怒って……。怖かったなぁ。お母さんはまだちょっとだけこう上の方に黒目が見えるんですよ、でも、おばあちゃんはホントに白目なんです、一点のくもりさえないんです……キャンバスみたいに？
妹　キャンバス……
キリナ　あんまり怖くて、私、「こんな怖い家もう二度と戻りません」て。
妹　言ったんですか？
キリナ　ひどいですよね。でもひどさに怖さが勝ったんです。
妹　じゃあねぇ……。
キリナ　ええ。勘弁してくれって感じですよ……。
妹　……。
キリナ　だからね、アタシ本当に宝くじに感謝してるんです。だって、あの時もし宝くじが当たってなかったら……そうでしょ？
妹　ええ。
キリナ　もし一億円がなかったらきっと私、今でもサウナにいたわ……随分偉くなってたでしょうけどね、サウナにいたら今頃。「誰々さん、もっと真面目に働かないとお給料引くわよ」なぁんて……

それもよかったなぁ……。
妹　え？
キリナ　あれ、何が言いたいんでしたっけ私。なんだか随分遠いところまで来てしまったような……。ハハ、忘れちゃいました、アタシあんまり頭良くないんで。
妹　そんなこと……。
キリナ　衣笠もそんなことないって言うんですけどね。
妹　でしょ。
キリナ　だけど本当に思ってるわけじゃないんですよ。つまりなんて言うか、タレントをうまく操る為の、工夫ですね、衣笠なりの。（笑う）
妹　（やりきれない思いの中、笑うしかない）
キリナ　そうか、だけどあの人、嘘でも人前ではそうやって言ってくれてるんだ、私のこと。
妹　もう、喋りっぱなしですよキリナさんのことばっかり。嘘なんかじゃないと思うなアレは。絶対違う。
キリナ　そうですか……。
妹　うん。
キリナ　（笑顔で）じゃあ頑張らなくっちゃな。
妹　（力強く）頑張ってくださいよ、もう応援しちゃってますから。
キリナ　（笑顔で、まっすぐに）はい！
妹　……。
キリナ　ねえ。
妹　はい？

キリナ　ホントにもしお時間があったら来てくださいます？　秋のコンサート。
妹　え……（ひきつりながら）ええもう、さっきも姉と絶対観に行こうって言ってたんですよ。
キリナ　お姉さん？
妹　ええ昼間ここにいた、無駄にでかい、
キリナ　ああ。本当に来てくださいます？
妹　（うわずりつつ）本当ですよ、嘘ついたってしょうがないじゃないですか。
キリナ　（信じきって）そうですよね、ごめんなさい。
妹　（必死におどけて）許しません。ハハハ。
キリナ　（澄んだ目をしていよいよ前向きに）よぉし。……来月からリハーサルなんです。
妹　あそうなんですか。
キリナ　ええ。やっぱり唄うのが一番楽しい。ゲストでね、ジョンが来てくれるんですよ。
妹　ジョン？　ジョンて？
キリナ　絶対知ってると思う。すごく有名だから。
妹　え……エルトン・ジョン？
キリナ　誰ですかそれ。
妹　ああ、じゃあ（一瞬考えて）ジョン・ライドン？
キリナ　あ近いかも。
妹　えそっち系。（考えるが）そっち系は駄目だ。降参。
キリナ　スキャットマン。

短い間。

妹　……ああ、スキャットマン・ジョン。
キリナ　ええ。
妹　全然そっち系じゃないですか。
キリナ　ええ。
妹　ええって。
キリナ　ツアーの最終日がね、
妹　え？
キリナ　私の田舎なんです。群馬県。
妹　ああ、じゃあお母さんと、おばあちゃんにも、
キリナ　ええ、ぜひ出てもらって、
妹　出てもらうんですか⁉
キリナ　一緒に唄おうかと思って。
妹　ああ……。

キリナ、スキャットマン・ジョンのあの有名なナンバーを口ずさんだ。

妹　あ、そこで唄うんだ、なんか感動的。

妹もそのスキャットにのろうとした途端、キリナは突然唄うのをやめた。

妹　……どうしたんですか？
キリナ　楽しいことばかり考えてると悲しいメにあうでしょ。
妹　……。
キリナ　人生ってそうじゃないですか。ほら、缶ジュースを飲んでて、残り少なくなった時にギュッて缶を握るとこう、ジュースが上の方に上がってきて、あ、増えたなって、得した気分になるでしょ。
妹　……あ、なるかな。うん。
キリナ　今のはあまり上手な譬えじゃなかったけど。
妹　（譬えであることすらわからなかったので）え。
キリナ　不安になるのなんだか。……このまま……こんな風にラッキーが続くハズないんじゃないかって……。
妹　……大丈夫ですよ。
キリナ　そうですね……。あ、あんなことがあったのにラッキーだなんて、ふしんきん……（あれっと思い）ふきんしん？　ふしんきん？
妹　不謹慎。

妹、店に並んでいた菓子の中からポップコーンを一つとってキリナに。

妹　あの、これ。
キリナ　え？
妹　手伝って頂いたお礼です。

キリナ　いいですよ。
妹　（ひどく強い口調で）もらってください！
キリナ　（気圧されて）はい。（と大切そうに抱えて笑った）
妹　他にも欲しい物あったらどれでも持ってってください。
キリナ　いえ、でも、
妹　（キリナの目を見つめて）頑張ってくださいね……！
キリナ　（明るく）はい！
妹　私、このままだと死ぬんです。
キリナ　はい……!?
妹　（一気に）医者に手術しないと死ぬって言われたんです。でもきっと手術できないんです。お金ないから！　だけど、頑張りますから！　生きますから！
キリナ　……。
妹　……。
キリナ　どうやって？
妹　わかりません、わかりませんけど……
キリナ　（同情と混乱のあまり泣きそうになりながら）どうしたらいい……!?　ねえ私どうしたらいい……!?

不意にラジオのノイズ、大きく。

キリナ・妹　！

ノイズ、いっそう高鳴って、突然止まった。
間。波の音だけが響く。

妹　……嘘です……全部嘘。
キリナ　え……？
妹　ちょっと驚かしてみたくて。驚かしたらしゃっくり止まるかなぁなんて。
キリナ　でもしゃっくり出てないのに……。
衣笠の声　いた。

二人、声のする方を見ると、階上に衣笠と耳夫がいた。

妹　（衣笠に）こんばんは。
キリナ　起きたの？
衣笠　驚いちゃったよ。目が覚めたら隣にこいつが寝てんだよ。
キリナ　え。
耳夫　僕だってね、時夫兄ちゃんかと思ってずっと茨目の悪口をね、言ってましたよ。
衣笠　おめえ言ってることわかんねえよ。
キリナ　（耳夫に）昼間はどうも。
耳夫　はいどうも。
衣笠　（驚いて、キリナに）キリナちゃんこいつのこと知ってんの？

キリナ　（耳夫に）昼間ね。
耳夫　ね。
キリナ　新曲のCD出たら買ってくれるんだもんね。
耳夫　（ひどく驚いて）ホント!?
キリナ　いやホントって、ホントじゃないの？
耳夫　ホントだよ。
衣笠　ホントかよ。
耳夫　（もううんざりだという風で衣笠を指し、キリナに）ねえこれ誰？
キリナ　私のマネージャーさんよ。
耳夫　マネージャーさん？
キリナ　マネーは英語でお金、ジャーはわかんない。
耳夫　さんは？
衣笠　スリーだよ。
耳夫　（衣笠に）それがお客様に言う言葉？
衣笠　あ？
キリナ　彼と話しているとなんだか安心するの。
衣笠　俺は不安になるよ。
キリナ　どうして？（耳夫に）鼻吉さんだっけ？
耳夫　耳夫。
キリナ　あそうだ。
耳夫　（不満で）なぁに鼻吉さんて。

衣笠　鼻吉は鼻吉だよ。
耳夫　さんは?
衣笠　スリーだよ。
耳夫　もうやってらんないや……!
衣笠　どっちがだよ。(キリナに)キリナちゃん部屋出る時は鍵ちゃんとかけなきゃ駄目ですよ。
キリナ　え、かけたよ私。
耳夫　ならいいんだけど。
衣笠　(耳夫に)おめえが言うなよ。まあいいや……。(キリナに)行こうよ、ちょっと、相談したいことがあるんだよ。
キリナ　(不安になって)相談?　なに?
耳夫　ちょっとね。
衣笠　(つっこむのもめんどくさく)うんちょっとね。
キリナ　わかった。……(妹に)おやすみなさい。
妹　あ、おやすみなさい、失礼します。

と、衣笠、キリナを階上に待たせ、一人だけ戻って来て、売店の中の妹に、

衣笠　すみませんねぇ。
妹　(真剣な表情で)言うんですか。
衣笠　え?
妹　(懇願して)まだ言わないであげてください。

衣笠　……なに話したんですかあいつと。
妹　別に。
衣笠　……ああそう。

衣笠、階上へ。
スピーカーからラジオの音楽が流れ始めた。

妹　（衣笠に）おやすみなさい。
耳夫　（唐突に）ねえ、一億七千万ていくら？
衣笠・キリナ　え？
耳夫　一億七千万。
キリナ　どうして？
耳夫　ＣＤ千個買える？
衣笠　千個？　万個買えるよ、万個買ってマンコも買えるよ。
キリナ　うん。
衣笠　うんて。
耳夫　ねぇ、一億七千万。ＣＤ千個。
衣笠　だから答えてんじゃないの。一億七千万あったら千個買ったってまだまだ一億七千万近く残るよ。
耳夫　え。
キリナ　っていうかＴＳＵＴＡＹＡが買える。

衣笠　いやTSUTAYAは買えないんじゃないか?
キリナ　え一個だよ。
衣笠　一個でもさ。
耳夫　（衣笠に）ケチンボ!
衣笠　俺に言うなよ。
耳夫　僕はケチンボじゃないよ。
衣笠　（おざなりに）ああそう。
耳夫　待ってて。
キリナ　え。
耳夫　少々お待ちをくださいませ。本日中にお召しください。
衣笠　（意味がわからず）あ?

耳夫、去った。

衣笠　（キリナに）行こう。
キリナ　でも（耳夫が）待ってててって、
衣笠　うん。行こう。
キリナ　え。

ラジオは音楽が終わり、ラジオ・パーソナリティーらしき男が喋り始めた。

ラジオの声　さて、地震速報のあと一時からはお待ちかねのゲストコーナーなんですが、ここでみなさんにお詫びしなくちゃいけないことがあります。ゲストで来てもらう予定だった一之江キリナさんが、急病の為、今夜はスタジオに来ることが出来なくなってしまいました。

キリナ　!?

衣笠・妹　……。

衣笠と妹、思わず目を合わせた。

キリナ　なに急病って、衣笠。

衣笠　ん、うん。（と疲れた時にするようにまぶたを揉んだりしながら）

キリナ　なによ、アタシ知らないよこれ……!

衣笠　うん言ってねえもん。

キリナ　え……。

ラジオの声　（この間も、ややノイズまじりながら何らかの喋りがあって）……ライブ・ツアーの方をお楽しみに、と言いたいところなんですが、ツアーの方もですね、中止になっちゃったんですねー。キリナファンの僕としても涙チョチョ切れですけど、十月に発売予定だった新曲も今のところですね、

ノイズでラジオの声が聞こえなくなった。
妹が慌ててラジオのチューニングを変えたのだ。

キリナ　！（妹に）何するんですか！　戻してください！
妹　（小さな声で）ごめんなさい……。（動こうとしない）
キリナ　戻して！

妹、戻そうとするが、なかなかチューニングが合わず、

妹　調子悪くて……。
キリナ　（衣笠に）ねえ今の嘘でしょ、ねえ、衣笠。
衣笠　部屋で話すよ。
キリナ　嘘でしょ⁉
衣笠　ホントだよ。

と、ここでチューニングが合い、パーソナリティーの紹介で曲がかかる。

衣笠　（めんどくさそうにタメイキをつくと、妹に）ったく！　ばれちゃったじゃない！
妹　え⁉
キリナ　（ハッとして、妹に）……知ってたの⁉
衣笠　さっき。（妹に）ね。
妹　（まともにキリナの目を見られず）……。
キリナ　……。

キリナ、それまで大事そうに抱えていた、先ほど妹からプレゼントされたポップコーンを床に投げつけた。

妹　……。

とそこへ、階上から姉が、先ほどとはうってかわって上機嫌で現れ、階下へ。

姉　（衣笠とキリナに）あ、どうもぉ。
衣笠　どうも。
キリナ　（ごく控えめな会釈）
妹　（これも気持ちとは裏腹にごくごく控えめに）お姉ちゃんどこ行ってたの？
姉　ちょっとね。
妹　店閉めるよ。
姉　はいはい、閉めまひょ、（ふとサインを見て）薬局。（と満面の笑顔）
キリナ　（衣笠に）説明してくれない？
姉　キリナさんコンサート頑張ってくださいね。
妹　おね……！
姉　絶対行こうって言ってたんですよ、この、妹じみた生き物と、な。（と妹に目くばせ）
妹　（目をそらして）何が嬉しいのよ。
衣笠　（キリナに）ともかく部屋行こホラ。
キリナ　ちゃんと説明してって言ってるの……！
姉　（様子を察して、妹に）なに？

衣笠　（キリナに、めんどくさそうに）だから、チャラなんだよ。
姉　あチャラ大好き！
妹　そのチャラじゃない。
キリナ　……全部？
衣笠　例の、蛇色が、会場の都合で中止になったんだよ。
キリナ　都合って？
衣笠　地震でこわれたの。ガラガラガラ。
キリナ　他のとこは？　地震関係ないでしょ。
衣笠　関係なくねえよ。同じ国だもん。
キリナ　だけど、
衣笠　流れっていうもんがあるんだよ、メイン・イベントが中止んなると他も（崩れるマイム）。イベンターが出来ねえって言うんだもん。
キリナ　（泣きそうで）ＣＤも⁉　ＣＤも出ないの⁉
衣笠　ツアーが中止だとキャンペーンにならない、キャンペーンにならないならＣＤも出せません。メーカーが出せねえって言うんだもん。
キリナ　……。
衣笠　俺のせいじゃねえよ。
キリナ　……。
衣笠　脱げよ。
キリナ　（衣笠を見た）
衣笠　写真集。ヌード。それっかねえよもう。

キリナ　……。
衣笠　ヌードったって、ただのヘアヌードだよ。
キリナ　え？
衣笠　だから別にスカトロや獣姦やれって言ってんじゃないんだからさ。いいじゃん減るもんじゃなし。少し減ったほうがいいかもしれないけど。
キリナ　……！

キリナ、走り去った。

衣笠　どこ行くんだよ。（笑って、ボソリと）バカヤロ、船の上だぞ。

妹、衣笠に駆け寄ると、その頬を思い切り平手打ちした。

衣笠　痛っ！（笑って）何すんのよ。（で、事もなげに平手打ちを返した）
妹　！
姉　なに!?（よく見ていなかった）
衣笠　商売の話に口出さんでくださいな。（行きながら）ああ、なんかヘソの奥がかいい！

衣笠、そんなことを言いながら下手側の出入り口へと去った。

姉　え!!　ひっぱたかれたの？

妹　ひっぱたいたの。
姉　（妹が頬を押さえているので）えだって、

妹、突然姉に抱きついた。

妹　どこ行ってたのよ、探したんだから……！
姉　うん。
妹　私もう……なんだか！
姉　うん。
妹　店閉めるよ。
姉　うん。

が、妹は姉にしがみつくように抱きついたまま決して離れようとしない。

姉　⁉

やがて、妹は、ラジオから流れる音楽に合わせてゆるやかに体を揺らし始めた。

姉　あれ……。
妹　（ただリズムに合わせて体を揺らしている）
姉　あれれ……。店……。

妹　……。
姉　……。

やがて、姉も観念したように踊り始めた。
とは言ってもそれは踊りといえるほどのものではないのだが、二人は抱き合ったまま、ラジオから流れるスローでムーディーな歌謡曲に合わせて体をゆらすのだ。

妹　昔さ……まだ大船の家にいた頃、よくこうやって二人で踊ったよね、ふざけて、日曜日とかさ……居間に古いステレオがあって……まだ父さんも生きてて……。
姉　……。
妹　チラッと見るとさ、父さん私達のこと見ながら妙に嬉しそうな顔してんのよ……フフフ……ホラ、いつもかけてたあれ、いしだあゆみの、必ず針トビしてたじゃないサビのところで……お姉ちゃんそこになると喜んでさ、母さんがレコード止めようとすると怒るのよ、なんだっけ、サビ……（思い出して）〝歩いてもぉ、歩いてもぉ〟ってとこでとぶのよハリが……それでお姉ちゃん、「どんどん歩くね、いしだあゆみ」って。
姉　（何を言うかと思えば）なに言ってんの？
妹　（離れて）覚えてないの……⁉
姉　ごめん、全然覚えてない。
妹　そんなはずないよ。
姉　違う人じゃないの？
妹　（愕然として）他の誰と踊るのよ……。

姉　……。
妹　ブルーライトヨコハマ。
姉　……。

曲が終わり、時報が流れる。

姉　一時。
妹　……。
姉　片付けよ。
妹　……うん。
ラジオの声　一時になりました。ゲストコーナー、一之江キリナさんにかわって急遽今夜お招きしたのは、この曲で今月二十四日にデビューした、この方です。
ゲストの声　こんばんは、レナード森島です。

曲が流れる。
それは冒頭で姉妹が唄った、愚にもつかないあの曲だ。
山に登れば山〜。
海に登れば海〜。

姉　森島さん!?

曲は続く。
山〜、海〜、ハンハハ、ハハハハーン。
二人、しばし聴く。
あっという間に1コーラス終わり、2コーラス目を一緒に唄いながら、姉は満面の笑顔で振り向いた。

妹　……。

姉、売店の裏手に置いてあったバッグから、何やら壺のような物をくるんだ包みを出し、スピーカーに向かってかかげると、

姉　（袋に向かって）母さん！　ホラ！　森島さん！

と、階上のドアが開き、啞然とした表情で、この船の船長がやって来た。

船長　（階上から）おい。
姉　（音楽にのりながら）あ、お疲れ様です！
妹　（ほぼ同時に）お疲れ様です。
船長　（姉に）返しなさい。
姉　（笑顔で）はい？
船長　士官室から客室のマスターキーと果物ナイフ持ってってただろ。
妹　え。

姉　（ラジオに夢中）
船長　おい！
妹　お姉ちゃん！
姉　はい？
船長　士官室から鍵とナイフ持ってっただろ。
姉　いいえ。
船長　嘘つけ、大宮君が見たって言ってる。
姉　大宮さん？
妹　お姉ちゃん何したのよ！
姉　あ、大宮さんて、
船長　ああ、
姉　最近引っ越したんですよね中野坂上に。
船長　関係ないだろう！　マスターキーとナイフ！　返しなさい！
姉　（ニコニコと）海に捨てちゃいました。
船長　なにぃ⁉
姉　（ニコニコしたまま）ごめんなさい。もうしません。
船長　何に使ったんだ。
姉　なんにも。
船長　なんにも？
姉　なんにも。
船長　……ちょっと来なさい。

姉　ちょっと待って、ギターソロ。（ラジオのことだ）

で、姉はギターを弾くマネなどしながら嬉しそうにラジオを聴く。

船長　……。

妹　すみません。（声をひそめて）姉、ちょっと神経の方を。

船長　聞いたよ。でも、元気そうじゃないか。

確かに、姉は曲に合わせて飛んだりはねたりノリノリで、実に元気そうなのだった。

妹　（手で波を作り、浮き沈みを表して）これが。今は……（昇りを表した）

このあたりでラジオからは、曲にかぶって、パーソナリティーの男と森島のトークが聞こえてきた。

パーソナリティーの声　「さて、改めて紹介いたしましょう、今夜のゲストはレナード森島さんです。こんばんは。」

森島の声　「こんばんは。」

パーソナリティーの声　「よろしくお願いします。」

森島の声　「お願いします。」

妹　知り合いなんです。

船長　冗談じゃないよ……。

妹　すみません。

姉、笑顔で妹を見た。

パーソナリティーの声　「今聴いて頂いてる曲は今月二十四日にリリースされました、デビュー・シングルの、」
森島の声　「『砕け散った鏡』です。」
船長　全然曲と合ってないじゃないか……！
パーソナリティーの声　（船長のセリフにかぶって）「『砕け散った鏡』、この曲でめでたくデビューということですが、もうひとつめでたいことがあるんでしょ？」
森島の声　「（照れて笑った）」
姉　（嬉しそうに）なに!?
パーソナリティーの声　「実はね、レナードさんはね、」
森島の声　「はい。」
パーソナリティーの声　「デビューの日に、」
森島の声　「はい。」
パーソナリティーの声　「なんと、結婚式をあげられたそうで、」
森島の声　「はい。」
姉・妹　！
パーソナリティーの声　「イエーイ！　コングラッチュレーション！」
森島の声　「（照れつつ）サンキュー。」

姉、とたんにものすごい形相になった。

船長　（手で下りを表し、妹に）これか。
妹　……。
パーソナリティーの声　「なんでも奥様はスペインの方だそうで。」
森島の声　「はい。」
パーソナリティーの声　「どうですか、情熱の国スペインの女性は？」
森島の声　「情熱的です。」
姉　……！
パーソナリティーの声　「やっぱりあれですか、メイク・ラブの方は。」
森島の声　「はい。さかんです。」
妹　（姉に）ね、だから言ったでしょ。ロクでもない男なのよ。

姉、答えず、乱暴にラジオのスイッチを切った。

妹　……。
姉　（トゲトゲしい口調で船長に）え？　行くんですか？
船長　……。
妹　（船長に）すみません。
姉　行くんなら行きましょうよ……。

姉、そう言うと船長より先に行きかけて、手にしていた包みを妹に渡した。

姉　（妹に）お母さん……。

妹、受け取った。

妹　お姉ちゃん……。

姉　え。

妹　やったんでしょなんか……。まさか、

姉　ちょっとよ。

妹　ちょっとって……

船長　（姉を促して）ホラ。

姉　私の部屋に荷物持ってってといてね。

妹　……。

姉　（強く）ね！

妹　うん……。

姉、船長について去った。

波の音。

妹　（泣きたくなって）……ああ……もう……。

妹、母親の遺灰が入っているらしきその包みをベンチの上に置き、売店の中から自分のバッグと姉のバッグを出し、やはりベンチに並べて置いた。続けて、冷蔵庫からペットボトルのミネラルウォーターを出すが、思い直してビールと取り替える。ブラジャーの位置がズレたのだろう、制服の上からそれを直し、それから売店のシャッターを閉め、鍵をかけ、開かないことを確認。

このあたりで耳夫が、片手に新聞紙に包んだ何かを持ち、もう片手で大きな鞄を引きずるようにして戻って来た。

耳夫　（キリナ達がいないので）あ。

妹　（ぶっきらぼうに）キリナさんなら行っちゃいましたよ。

耳夫　えー。

妹、バッグから粉薬を出して口に入れると、ビールで一気に流し込んだ。この間に耳夫、鞄を下手の方に置きっぱなしにしてキョロキョロしながらやって来て、たった今、確かに妹が鍵をかけたはずの売店のシャッターをいとも簡単に開けると、中を覗き込んだ。

妹　（驚いて）あれ⁉

耳夫　（妹に）ん？

妹　あれ⁉

妹、もう一度シャッターを閉め、鍵をかけ、再度、閉まっていることを確認した。ふと見ると、耳夫が遺灰の包みを手にしているので、

妹　あそれ駄目。（取りあげた）
耳夫　何が入っているの？　虫？
妹　私のお母さん。
耳夫　かみきり虫？
妹　お母さんだって言ってるでしょ。
耳夫　え！
妹　海にね、まいてあげるの。（と、包みをしまった）
耳夫　お母さん。
妹　お母さん。
耳夫　じゃあ僕のお母さんでもあるね。
妹　ないわよ！
耳夫　ええ⁉
妹　ええって、ないでしょ。なんでそうなるのよ。
耳夫　ケチンボ。
妹　……。
耳夫　お母さんキャベツ食べる？
妹　食べない。もう何も食べない。
耳夫　（すごく驚いて）何も⁉

妹　うん。
耳夫　じゃあハエだけ？
妹　ハエも食べない。
耳夫　ええ⁉（ボソリと）やってらんないや……！
妹　じゃあね。（行こうとした）
耳夫　それ死んでるんじゃないの？
妹　……ああそうか……。そうかもね。
耳夫　うん。ウチのバネもね、この間の地震で死にましたよ。
妹　バネ？
耳夫　コオロギ。オス。
妹　へえ……死んじゃったんだ、バネ。
耳夫　時夫兄ちゃんの大百科事典がね、バッタバッタ落ちてきて、
妹　バネの上に？
耳夫　僕の上に。
妹　バネは？
耳夫　逃げようとしたから踏んづけた。
妹　……え⁉
耳夫　それでね、死んだバネをポケットに入れてたらね、ゴミと混ざってね、ほどよい感じのかたまりになりましたよ。
妹　え。
耳夫　（とポケットの中を探り、出して）ホラ、コレ。

妹　（見たくなく）ああいいよ、ありがとう。
耳夫　茨目も捨てろって言う。

耳夫、そう言うと、ポケットから出した黒いかたまりを口に入れた。

妹　あ！
耳夫　（うまそうに食べている）
妹　！（絶句）
耳夫　？
妹　おやすみなさい。

妹、去った。

耳夫　（もう誰もいないのだが）はい。

4・耳夫

耳夫、再び鍵のかかっているはずの売店のシャッターを簡単に開けると、売店の中に入った。そして店員になったつもりか、どこか照れたような表情で、架空の店の客に向かって喋りだした。

耳夫　はい、いらっしゃいませ……（そう口にしただけで嬉しい）あ、飴ですか、はい。ありがとうございます……（と架空の相手をじっと見つめ）チョコもどうぞ。はい、お大事に。

耳夫、かなり満足したらしい。ニコニコしている。

耳夫　（また別の架空の客に）いらっしゃいませ。まあ可愛らしい赤ちゃんですね。オスですか？　ああメス。じゃあ飴をあげましょう。（と、キャンディーを一つ取ると頭上に掲げて）はい、上げました。（と一人で爆笑。で、さらに別の架空の客に）いらっしゃいませ。え、ヘビにかまれた？　長いやつ？　ああまり長くない。（手で長さを示し）このくらい？　このくらいね。じゃあ今ところご飯作りますからね。キャベツとね。

耳夫、よくわからぬままチューナーをいじり、ラジオが流れた。そんなことをやっていると、クマのぬいぐるみを抱きかかえた佐久間が階上から現れた。
ぬいぐるみはあちこちを刃物でえぐられ、ボロボロになって中から綿が飛び出している。目玉も飛び出してブラブラとぶらさがり、糸一本でようやくつながっている。佐久間、怒りのこもった表情で、どうやら姉を探している様子。

耳夫　いらっしゃいませ。

佐久間　（怒りに声を震わせて）大きい女の店員さん、呼んでください。

耳夫　はい？

佐久間　大きい女の人、いたでしょ。

耳夫　あ私でございます。

佐久間　違う！　ふざけてるの!?

耳夫　あ、その人！（ぬいぐるみのことだ）

佐久間　見てくださいよこれ。

耳夫　（歯医者のつもりか）どうしてこんなになるまで放っといたんですか。

佐久間　お風呂から上がったらこんなになってたのよ！

耳夫　（あわてて）歯を抜いた日はお風呂に入っちゃ駄目！

佐久間　抜いてないもの歯。

耳夫　じゃなおさらでしょ！

佐久間　え!?

耳夫　えじゃない！　やってらんないなあ！

佐久間　（相手にならぬとばかりに）ともかく早く呼んで来てくださいあの人、ここで待ってますから。訴えてやる。あの女ちょっとおかしいのよここが！（ぬいぐるみに）ごめんね信彦。

佐久間、震える手でライターをつけ、煙草を喫《す》う。
と、その時、ラジオの音楽とトークが、普通あり得ないような（例えばテープがのびたような）止まり方で止まる。

佐久間　（スピーカーを見て）なに？

アナウンサーらしき女性の声が聞こえてくる。
せっぱつまったような口調である。

アナウンサーの声　ラジオをお聞きの皆さん、偽りの情報に惑わされないようにしてください。多くの局が流しているのは生放送を装った録音テープです。このような状況になってしまっては、一体何人の人がこのラジオの前にいるのかわかりません。ラジオをお聞きの皆さん、私の声が届いているでしょうか。
佐久間　何言ってんのこの人……!?
アナウンサーの声　主要都市には既に戒厳令がしかれています。安全だと思われても最大限の用心をしてください。それでは、各地の避難場所をお知らせします。
耳夫　はいどうもぉ。

耳夫、ラジオのスイッチを切った。

佐久間　なんで切るのよ！

耳夫　え。

佐久間、売店の中へ入って来てチューナーのスイッチを入れるが、チューニングは合わず、ノイズばかりが大きくなった。

耳夫、売店の外に出て、先ほどテーブルの上に置いた新聞紙の包みを開けると、中には一丁の銃があった。

佐久間　なにコレ……合わない。

耳夫、銃を手にするとぬいぐるみを撃とうとしていた。

佐久間　（銃に気づいて）何してんのよ！

耳夫　ん。

その瞬間、耳夫は引き金を引き、銃が発砲される。

佐久間　！

弾は佐久間の胸の中央を射ぬき、佐久間の服がみるみるうちに血に染まった。

耳夫　（不満で）ああ！　何やってんのぉ!?

佐久間、売店の中に沈むようにして倒れた。
なぜかラジオのチューニングが合った。
音楽が流れる。

耳夫　閉店でございます！

耳夫の言葉を合図にするかのように、シャッターがものすごい勢いで自動的に閉まった。
ラジオ、再びノイズ。
耳夫、何を考えているのか、ぬいぐるみに何発も発砲した。
階上にリカが現れた。

リカ　！　何やってんのよ！

耳夫　あ茨目！

耳夫、半ば反射的にリカに発砲した。リカ、思わず悲鳴をあげて身をかがめる。弾はそれてどこか別の場所に当たった。耳夫は続けて引き金を引くが、もはや弾はなかった。

耳夫　ん？

カチャカチャという音だけが響く。

リカ　……。（キッと見た）
耳夫　（少し何かを考えるように）……。
リカ　なに。
耳夫　（不意に）あ。茨目。
リカ　今気づいたフリしたって駄目よ！
耳夫　（逃げようとした）
リカ　言うわよ！

耳夫、止まった。

リカ　あのこと課長に言ってもいいの？
耳夫　あのことって何？
リカ　……何だと思う？（特にないのである）
耳夫　いつも僕がお風呂の中でおしっこしていること？
リカ　そう。
耳夫　言わないで！
リカ　じゃあ逃げるな。
耳夫　はい。
リカ　危ないから絶対触るなって言ったよね。
耳夫　はい。
リカ　もし誰かに見られたら……

リカ、そこまで言いかけて初めて耳夫が持って来ていた鞄に気づく。

リカ　……。
耳夫　……。

耳夫、逃げようとする。

リカ　言うわよ！
耳夫　（止まって）何を？
リカ　何だと思う？
耳夫　時夫兄ちゃんのかつらを、
リカ　え!?
耳夫　ん？
リカ　課長のなに？
耳夫　かつら。

リカ、「耳夫が何をしたのか」よりも「時夫がかつらだったこと」に愕然としていた。

リカ　……そう、それ。
耳夫　あ言わないで。

リカ　じゃあ逃げるな。
耳夫　はい。
リカ　（銃を示し）ホラ、そんなもの持ってるとこ人に見られたら、

とその時、階上を衣笠が通り過ぎようとした。

リカ　！
衣笠　あ、まだいる。
リカ　（緊張した）
衣笠　（銃を構えた耳夫に指ピストルで）バーン。ハハハハ。

衣笠、機嫌よく笑いながら去って行った。おもちゃだと思ったらしい。

リカ　……。

リカ、耳夫から銃を取り上げ、新聞紙に包んだ。

リカ　（不意に耳夫を平手打ちし）これはピストルの分。（もう一発）これは鞄。（もう一発。で、何も言わない）
耳夫　おいおい！
リカ　え。

耳夫　今のは？
リカ　あんたひっぱたくのに理由なんかいらないの！
耳夫　えー！（露骨に不満）
リカ　基本料よ！　ホラ行くわよ。何するつもりだったのよコレ。（鞄のことだ）
耳夫　ツタヤ。
リカ　ツタヤ？
耳夫　だってジシュしちゃったらもう買えないでしょ。
リカ　自首!?　なによ自首って。
耳夫　（そんなことも知らぬのか、という風に）ジシュ。地面の首と書いてジシュ。
リカ　自分の首でしょ！
耳夫　自分？
リカ　なによ地面の首って、（想像してしまい）気持ち悪いなぁ……！　字のことなんかどうだって
　いいのよ！
耳夫　どうだっていい？
リカ　ねえ、課長が言ったの自首するって。
耳夫　あのね、人は、過ちを犯したら、それを償うことが必要なんですよ。
リカ　課長がそう言ったのね。
耳夫　つまり、この世は弱肉強食。ね、これですよこれ。（と小指を立てる）グラウンドに出たらも
　う先輩も後輩もないんです。真珠貝は、貝殻の内側にこう、
リカ　他の人の発言はいいから。
耳夫　……。

リカ　ホントに課長自首するって言ってたのね。
耳夫　うん、ホントは茨目には秘密だって言われたんだけどね、
リカ　うん。
耳夫　だけど教えないと茨目、時夫兄さんに言うでしょ。
リカ　何を？
耳夫　（考えて）僕が台所で地引網引いてること。
リカ　うん言うよ。
耳夫　あ言わないで。（嬉しそう）
リカ　じゃあ協力するか？
耳夫　何を？　地引網？
リカ　そこのゴミ袋持って来て。
耳夫　え。

リカ、行こうとしていた方向とは違う方向へ。耳夫もついて去る。
階上に金王と老婆が現れた。

5・母子

金王　だって、あれ、夕方見た時はまだ前に同じような船がウヨウヨいたでしょ。母さんだって見たでしょ。
老婆　そうだっけか。
金王　そうですよ。それが今一隻も見えないっていうのはおかしいんじゃないですかね。この船だけ、どこか違う方向へ向かってるんじゃないですか？
老婆　ならいいんだけどね。
金王　よくないですよ。まあ、そんなこともあるはずないでしょうけど。きっとこの船だけあれなんですね、スピードがのろいんですね。

金王、そう言いながら自販機に金を入れ、ボタンを押した。ゴトンという音がして、取出し口に缶が落ちる。

金王　あれ。ミルクティー押したのに。（見せて）おーいお茶。
老婆　（決して不機嫌ではなく）同じようなものですよ。
金王　そうですね、同じお茶です、和風と洋風の差こそあれ。それをのければ、あとは呼んでるか呼んでないか。母さんは何にします？
老婆　お茶でいいよ。

金王　おーいお茶？（老婆に）おーい。
老婆　（ことさら遠くに向かって）おーいお茶。（なぜかエコーがかかる）
金王　（エコーにギョッとしたが、自分の持っていたおーいお茶を老婆に渡して）じゃこれ母さんの。（再度自販機に小銭を入れながら）もしもおーいお茶がいっぱいあったら？　多いおーいお茶。（と笑いながら振り向く）
老婆　（真顔で）そうですよ。
金王　そうですよって。そりゃそうなんだけど……。じゃ私はミルクティーに再度チャレンジ。さて、どっちを押すべきか……ここが思案のしどころです。ミルクティーを押したらおーいお茶が出たのだから、おーいお茶を押せば……おーいお茶が出てくるような気がします。まあおーいお茶ならまだ我慢できますが、万が一デカビタCでも出てきてしまった日には。じゃあ思いきってデカビタCを押してみるっていうのはどうでしょう!?（なんだか興奮してきて）母さん、母さんデカビタC！押しちゃいますか？　おそらくデカビタCが出てくるにもかかわらず！　あえて！　ああ！

階上の出入り口から船長と姉が現れた。

船長　（金王がドンドン自販機をたたいたりしているので）どうかなさいましたか？
金王　いやね、これ今お金入れて、デカビタCを押したらデカビタC出てきちゃうんじゃないかって。
船長　……そりゃ出てきちゃうでしょう。
金王　どうしたもんかな。
船長　押さなきゃいいんです。
金王　んん、そうなんだけど、そこあえてね、小さな冒険っていうかね、

船長　まあそれは御自由ですけど。（老婆にやや困惑の笑み）御家族だったんですか。
老婆　息子です。
金王　（その会話を遮るようにデカビタCのボタンを押して）やあ！　デカビタC！
船長　あ。
金王　さあ……何が出たか。
船長　デカビタC《スィー》ですよ。
金王　オやった！　ミルクティー！
船長　え!?
金王　（デカビタCを出した）
船長　デカビタC《スィー》じゃないですか。
金王　ミルクティー！
船長　デカビタC《スィー》ですよ。
金王　いいじゃないか、デカビタCを手にしてミルクティーと叫んだって。
船長　いいですけど。
老婆　（おーいお茶の缶に書いてある俳句を読んで）さんまなの　なのに骨だけ　ムカデなの。
金王　なんですかいきなり。
老婆　銀賞。
金王　え……（ようやくわかって）ああ、お茶の缶の、
船長　ああお茶の缶の、
姉　あの、私もう（行ってもいいですか、の意）
船長　ああ……。頼んだよ、もうこれきりにしてくれよ。

金王　うまい！

船長　いや別に俳句じゃありません。

姉、無言で階下へ。そして、ボロボロになったぬいぐるみを発見。

姉　……？

なぜこんなものがここに、との思いであたりを見回していると、ゴミ袋を手にしたリカと鞄を手にした耳夫が現れた。

姉　あ、それゴミ……。

リカ・耳夫　！

リカと耳夫、逃げるように走り去った。

姉　……。

姉、しばしぼんやり。老婆、缶に書かれた俳句を次々と読む。

老婆　虹が出た　虹の根元を　掘りまくれ。らっきょうは　玉ネギがやせた　わけじゃない。私達
ひとり増えても　私達。

それらの俳句を味わうような間があって、

船長　それじゃあ、失礼します。
金王　わあ字足らず。
船長　俳句じゃありません！
金王　（呼び止めて）あ、ちょっと。
船長　はい。
金王　この船、大丈夫？
船長　は？
金王　いや、大丈夫かなあと思って。乗るとき避難手帳っていうのもらったでしょ。
船長　ええ。
金王　あれ、一冊一冊書いてあることバラバラなのはなぜ？
船長　さあ、あれは地震対策本部が作ったものなんで、
金王　いや、でも母さんのには幻想的な詩がいっぱい書いてあるのに、私のにはなんかつまんなーい「避難くん」とかいう四コママンガばっかり、
老婆　（船長に）ひがんでるんですよ。
金王　いや母さんひがむとかそういうことじゃないんですよ。（船長に）ちゃんと着くんですかこの船。
船長　着きますよ。
金王　でも変じゃないですか、手帳には島というだけで詳しい場所も何も書いてないでしょ。

老婆　島？
金王・船長　？
老婆　何ですか島って。
金王　行き先ですよ。
老婆　島？　私の手帳には鳥《とり》って書いてありましたよ。
金王　……。（急激に不安になって、船長に）大丈夫なの本当に……！
船長　大丈夫です。
金王　だけど鳥《とり》って書いてあったんですよ。母さん鳥《とり》に行くと思っちゃってたんだから。
老婆　行くんだろ？
金王　まだ思ってますよ。
船長　作ったのは地震対策本部なんで。
金王　……。
船長　ええ。
金王　じゃあ質問その2。まわりに船が一隻もいなくなったのはなぜ？
老婆　（考え込んで）んー。
金王　母さんは考えなくてもいいんです。
船長　いませんか？
金王　知らなかったの？
船長　私どもは本部からの指令で舵をとってるだけなんで。
金王　え……。
船長　大丈夫です。すべての船が同じ島に行くとは限らないんですよ。

金王　えー。（疑って）
船長　あさっての朝には無事到着してますよ。おやすみなさい。
老婆　はい。

階上から妹が来た。姉、その気配に気づくと、ぬいぐるみを抱えて走り去る。妹、階段の途中でその後ろ姿を発見。

妹　お姉ちゃん⁉

姉、行ってしまった。妹、不安を抱きながら階下へ。
と、その時、シャッターの閉まった売店の内側から、何かがぶつかるような音が小さく聞こえた。

妹　……⁉

妹、おそるおそる鍵を開け、シャッターを半分ほど開いて中を覗き込んだ。

妹　！

中には血まみれの佐久間の死体。
妹、反射的にシャッターを閉めると、あまりのことにへたり込んでしまった。妹、明らかに、この殺人を姉の仕業だと思い込んでいるようで——。

船長　（階段の途中から妹に）どうした。
妹　ちょっと気分が……。
船長　大丈夫か……。今、お姉さん、
妹　ええ、はい会いました。
船長　そう。

階上では金王が避難手帳を開き、中の四コママンガを読み始めた。

金王　「グラグラッ、あっ！　地震だ！」「避難君助けて！」「よし、この毛布をかぶるんだ」「グーグー、あ、寝ちゃった。ギャフン」（乱暴に閉じた）
老婆　（爆笑した）
金王　面白いですか⁉
老婆　（真顔になって）嘘笑いですよ。
金王　なんで嘘笑いするんですか……（と、また手帳を開いた）
妹　（船長に）あの、平気ですから。
船長　うん。

老婆、不意に、朗々と「ゴンドラの唄」を唄い出した。

老婆　♪命短し恋せよ少女《おとめ》〜。

金王　……。

船長、一瞬上を気にし、階上の金王と老婆からは自分達が見えないことを確認すると、じっと妹を見た。

妹　？

ただならぬ気配を感じた妹、後ずさりをする。船長、突如妹に抱きついてキスをしようとした。
もがく妹。

老婆　♪朱き唇褪せぬ間に〜。

妹が悲鳴をあげたので金王、ようやく気づいた。
船長、慌てて妹から離れた。
老婆も唄をやめる。

金王　なに！　どうしたの!?（降りて来た）
妹　なんでもありません。
金王　……。

船長は妹を睨んでいる。
老婆、再び唄い始めた。

金王　（唄を気にしたが）……。
船長　（睨んだまま）貸してやってもいいと思ってたのに。
妹　……え？
船長　八重子に頼まれてたんだよ。
妹　母さんに？　何をですか。
船長　先月か……やぶから棒に一千二百万貸してくれないかっていうから、なんだそれはって話になって……。娘が手術するんだ、どうしてもお金が必要なんだって。
妹　おじちゃんに……!?
船長　おじちゃんって言うな。
妹　船長に。
船長　貸してやってもいいと思ってたんだ。……死ぬんだろ手術しないと。
妹　……かもしれないって話です。
船長　かもしれない？　話が違うな。
老婆　♪命短し恋せよ少女～。
金王　母さん唄うなら別の唄にしてくれませんか！

老婆、唄をやめた。

船長　病院だってもっといい所を紹介できる。金王医院なんて、わざわざあんなサギみたいな病院でやってもらうこたあない。

金王　え……！
妹　サギ……!?

老婆、何かありもしない唄を唄い出す。

老婆　♪サーギにあっちゃったあ、サーギにあっちゃったあ、どうしましょう、どうしましょう。
船長　知らないのか。地震のニュースにかくれて目立たないが、新聞でも随分問題になってるよ。親戚の製薬会社とつるんで随分悪どいことやってるって。
老婆　♪サーギにあったら火あぶりだ〜。
金王　母さん悪いけどそのオリジナルソングもやめてくれませんか！

老婆、唄をやめた。

船長　なんにしろ、君次第だ。
妹　……。
船長　おやすみ。（と行きかけるが、何を思ったのか売店へ）
妹　なんですか!?
船長　（シャッターを指して）ちょっと開けてくれよ。
妹　どうしてですか？

シャッターの中には佐久間の死体がある。妹、ひどく焦った。

船長　口がさびしくなっちゃったんでね。ちょっとした何かをね。
妹　（必死に）もう閉めちゃったんで。
船長　閉まってるから開けてくれよって言ってるんじゃないか。開いてたら開けてくれよなんて言わんよ私は。
金王　わあ、やな感じ。
妹　困ります、規則ですから。
船長　開けなさい。チーズとのど飴をもらう。
金王　ええ!?　それは合わないでしょう！
船長　（金王に）一度に食べるわけじゃありません！（妹に）あとペプシコーラ。（ペプスィの発音で）
妹　駄目です。
船長　どうして！
金王　コーラは歯が溶けちゃうから？
妹　そうです。
船長　歯なんかとっくに全部入れ歯だよ。
妹　コーラ、自販機あるじゃないですか。
船長　スターウォーズエピソード3のヤツがいいんだよ。開けなさい。
妹　おじちゃ、船長だけ特別扱いは出来ません！　売店は一時で閉店です！　規則は規則ですから！
船長　（うらめし気に）規則は規則だ？　よく言えたもんだな。抽選にはずれたお前らがこの船に乗れてるのは誰のおかげだと思っているんだ。船長や乗組員が父親でも乗れなかった奴がごちゃまんといるんだぞ。姪なんて他人みたいなもんなんだぞ。

妹　乗せて頂いたことは感謝してますし、なんらかのお礼は必ず、
船長　（皮肉っぽく）冥途でか。
妹　……。
船長　（階上の自販機の方へ）
金王　（船長に）コーラを買うんだったら、そうだなぁ、野菜ジュースあたりを押すと出てくるんじゃないかな。
船長　野菜ジュースなんてないでしょう！
金王　ないんですよね。

船長、自販機の前でポケットの中の小銭を探っている。
金王、コソコソと妹を手招きした。

妹　？（行かない）
金王　（階段を降り、妹に少し近づき、船長の目を気にしながらさらに手招き）
妹　？（行かない）
金王　（手招きしながら、結局自分の方が妹の所まで来てしまった）
妹　？
金王　あの、つかぬことをお伺いしますけどね、
妹　はい？
金王　病気なの？
妹　いえ、

船長　（金を出しながら、見ずに）重病ですよ。
金王　自覚症状は？
船長　（金を自販機に投入しながら）まったくないそうなんですけどね。
金王　あんたに聞いてるんじゃないんだよ。
船長　……。
金王　どんな薬もらってるの？
老婆　へそ薬とね、
金王　母さんに聞いてるんでもないんです。そしてへそ薬とは？（妹に）加えてあなたも何ひとつ答えてないじゃないですか。
船長　（不意に大声で）なんだこれは！
金王　（うるさくて）なんですか！
船長　ペプスィを押したのに。
金王　えナニデカビタC《スィー》？（と嬉しい）

船長が自販機から出したのは、古ぼけて錆びついた水道の蛇口だった。

船長　水道の蛇口。
金王・妹　……!?

とその時、金王の妻兼秘書（以下妻）が階上に携帯電話を持って駆け込んで来た。

妻　あなた！
金王　はい。
妻　つながったんです電話。
金王　え。今つながってんの？
妻　今保留にしてあります。
金王　うん！　母さん、つながったそうです！
老婆　そうかい。
妻　（金王に）保留にするのって、このリダイヤルってとこ押すんですよね。
金王　そりゃリダイヤルだろ！
妻　（すっごく驚いて）リダイヤル⁉
金王　保留はお前、保留ってとこ押すんだよ！　もしもし！（と電話を耳にあてて、妻に）お前これつながってるよ！　もしもし！（ハタと船長と妹を気にして）母さんここでちょっと待っててくださいね。これでも読んで。（と手帳を）
老婆　はいよ。（と読む）
金王　（去りつつ携帯電話に向かって）もしもし、あの、私お宅のおばあちゃんを誘拐した者ですけどね、よかったようやく連絡とれた。お元気でした？

金王と妻、去る。

船長　（ギョッとして、妹に）今なんて言った……？
妹　冗談じゃないんですか。

船長　冗談……？

老婆、手帳の四コママンガを読み始めたので船長はそちらを見る。

老婆　「グラグラ、あ、また地震だ」「避難くん、どうしよう？」「まずはあせらずにガスコンロの火をトロ火にするのさ」「おいおい、消さなきゃだめじゃん、ギャフン」（反応なく、次のマンガへ）「グラグラ、

船長　冗談だな。

船長、去った。

6・死体

老婆はマンガを読み続ける。妹、瞬間これからすべき行動を頭に巡らし、老婆をもう一度見、そして売店のシャッターを開け、店の中へ入ると、佐久間の死体を引きずり出した。

老婆　(前のセリフからつながって)「またまた地震だ」「避難くん、助けて!」「こういう時は地震の揺れに合わせて、体も揺らすのさ、どうだい?」「すごいや、まったく揺れてないみたいだ」(文字がよく見えない、という間あって)「ギャフン」(反応なし。さらに次のマンガへ)「グラグラ」「避難くん、避難くん、助けて、避難くん、避難くんてば。バタン、ベキベキ、誰でもいいから助けて!　ひいい!　ドシーン、ギャア」

老婆、そのマンガが可笑しかったのか、笑い出す。笑う。まだ笑う。笑いは次第に狂気を伴って——。
老婆が笑い続けるなか、妹は死体を引きずって下手出入り口へと向かっていたのだが、その時、階上から時夫と船員の田中の声がする。妹はやむなく死体を椅子の上に座らせて逃げ出した。

時夫　(声)離してください!
田中　(声)駄目ですよ!
時夫　(声)お願いですから離してください!
田中　(声)駄目だってば。離したらまたやるでしょ。

時夫　離せ！
田中　駄目！

田中に引きずられるようにして時夫、階上上手にやって来た。
この間もずっと老婆は笑っている。

時夫　（見た）
田中　そんな、（と笑っている老婆を見て）こんなに楽しそうな人もいるのに。
時夫　いやだ！
田中　ちょっとホラ、落ち着いて座りましょう。

二人、少しの間、爆笑する老婆を見ていたが、老婆があまりに笑うので、不安になった。

時夫　大丈夫かこの人。
田中　ええ。
老婆　（不意に笑いを止め、無表情になると）嘘笑いだよ。
田中・時夫　え……？
老婆　冗談じゃないよ、死ぬかと思った。（と目頭をぬぐったりした）
田中・時夫　……。
時夫　嘘笑い？
老婆　（時夫に）お前どうしたんだい足？

時夫　は？
老婆　足だよ。足。足。足足。
田中　なんだ、お母さん？
時夫　違いますよ。
老婆　足をどうしたんだって聞いてるのよ母さんは。
田中　お母さんなんじゃないですか。
時夫　違いますって！
田中　（老婆に）海に飛び込もうとしてたんですよ息子さん。
時夫　だから息子じゃないんですってば！
老婆　私は足をどうしたのって聞いてるんだよぉ！
時夫　（老婆に）ちょっとアレしただけですよ！
老婆　（あっという間に納得、安心して）ならいいんだけどね。
田中　もう納得しちゃったんですか⁉
老婆　（田中に）お前もお前だよ。
田中　え？
老婆　お前もお前だって言ってるの。
田中　お前って、（時夫に）お前呼ばわりされる筋合ないんスけど。
時夫　私にだってないよ！
田中　（老婆に）あのね、何があったのか知りませんけど、死ぬにも順序ってのがあるでしょ。
老婆　順序？
田中　まずお母さんですよ。そんで息子さんです。

時夫　なんてこと言うんだよ君は。
田中　え？　だってそうでしょ。
老婆　（考えて）んー。
田中　考えてますよ。（老婆に、時夫を示し）あのね、この人、この先にピョコッと飛び出したところでしょ（と上手を指して）、あそこに立って、自習（自首のことらしい）がどうだとか、耳（耳夫のことである）がどうだとかブツブツ言ってたと思ったら、突然柵乗り越えて海に飛び込もうとしたんですよ。なんかこんなまっとうなこと言ってる自分に今ホレボレしちゃってますけど、せっかく地震を乗り越えたっていうのにどうして自分からそんな、

老婆、「ゴンドラの唄」を唄い出した。

田中　あれ。
時夫　もういいよ！
田中　死にませんか……？
時夫　死なないよ……。
田中　絶対？
時夫　ああ……そんなことより、（老婆を指して）どうしてこの人にこんな風にアレされなきゃいけないのか、なんだかヘンな気持ちだよ。

老婆、唄い続ける。
そこへ、さっき時夫と田中が来たのとは逆の方向（下手）から、まず声が聞こえ、キリナが衣笠に引きずられ

るようにしてやって来た。

キリナ　離してよ！
衣笠　離しません！
キリナ　死ぬの！
衣笠　駄目だっての！（田中に）おう。
田中　どうしたんですか？
衣笠　この先にピョコッと飛び出したとこあるでしょ、（と下手を指して）
キリナ　離してよ、
衣笠　あそこから海に。
田中　（時夫に）ブームですか？
キリナ　（衣笠の腕が）痛い、激痛《げきいた》！
衣笠　（離して）唄うななんて言っとらんでしょうが。裸になんなさいって言ってるだけでしょ。
キリナ　でも裸で唄ったらバカみたいだよ。
衣笠　いや唄う時と裸の時は別よ。
キリナ　別？
衣笠　そうよ、裸で何唄うんだよ。（田中達に）ねえ。
田中　やっぱ「いい湯だな」とか？
衣笠　ああ。
田中　長介の葬式で、ブーウクレレ弾いたんでしょ。
衣笠　そうなの？

キリナ　いやだ別でもいやだ……（時夫に気づいた）
時夫　（会釈）
キリナ　……。（会釈）
時夫　先ほどは……。
キリナ　はい。
田中　（時夫を指して、衣笠に）この人も死のうとしてたんですよ。
衣笠　え。
時夫　いいじゃないかそんなこと言わなくったって。
キリナ　（時夫に）そうなんですか……？
時夫　……。
田中　（不意に）じゃあ俺。
時夫　あ。

田中、去った。

キリナ　（時夫に）……どうして。
時夫　いや……
キリナ　駄目ですよ死ぬなんて。
衣笠　あれ。
時夫　そうですね……。
キリナ　死ぬならよく考えてから死なないと。

衣笠　え。
キリナ　よく考えました?
時夫　いや、あんまり。
キリナ　じゃあ駄目です。
時夫　衝動的でした。
キリナ　（ああそれは駄目だという風に首を振りながら）衝動は。
時夫　そうですね……。
キリナ　約束したじゃないですか。明日。
時夫　そうですね……約束しました……。
衣笠　え、何を?
キリナ　（笑顔で衣笠に）サインさせて頂くお願いを、（時夫に）ね。
衣笠　え。
時夫　（笑って）ええ。

老婆の唄声。
老婆に重ねてキリナも唄い出した。

時夫・衣笠　?

やがて、時夫も唄い出す。

衣笠　？

なんだか唄わないといけないような気がして、衣笠も唄おうとした時、短大生が来た。

短大生　（キリナに）あ！

全員、唄うのをやめた。

衣笠　……。（唄いたかった）
短大生　あの、サインしてもらえませんか？
キリナ　え……!?
短大生　ごめんなさいお唄の練習中に。（時夫に）あ。また会っちゃった。
時夫　（苦笑。軽く手を振る）
短大生　（キリナに）ずっとファンだったんですよ。
キリナ　（すごく嬉しそうに）ホントに……!?
短大生　ええ、〝キリナのお化粧ポーチ〟も持ってます。
衣笠　ええホントに？（となんだか嫌そう）
キリナ　（衣笠に）なんでそんな嫌そうな顔すんの？
衣笠　してないよ。
短大生　お願いします。（と背中を向けるので）
キリナ　え、いいんですか……!?

短大生　はい。

短大生も嬉しそうだが、サインを頼まれたキリナの方がもっと嬉しそうなので、どちらがファンなのかわからない。

衣笠　だって、油性だろ、落ちないよ。
短大生　落としません。
キリナ　（同時に）落ちちゃ駄目じゃない！（時夫に）ねえ。
時夫　ねえ。
短大生　もう洗いませんから。
衣笠　汚ねえなあ。

キリナ、短大生が着ている洋服の背中にサインする。

時夫　（行こうとして）あの、
短大生　（遮って）わあ感激。ミーちゃんへって書いてもらえますか？
キリナ　（ものすごく喜んで）はい！
衣笠　よかったねえ。
短大生　はい。
衣笠　（キリナにも）よかったねえ。
短大生　はい。（後ろを向いている為に衣笠が見えないので、もう一度自分に言われていると思った

のだ）

衣笠　（キリナが書いている文字を読んで）「ミーちゃんへ。人身売買？」
キリナ　地震バイバイ。
衣笠　ああ地震バイバイか。
キリナ　なあに人身売買って。
衣笠　いや全部ひらがなだからさ。
短大生　どうもありがとうございました！
キリナ　いいえ。
時夫　（ようやく）あのそれじゃあ私も、これで。
キリナ　あハイ。明日。こんな感じで。
時夫　明日。

時夫、階下へ。

短大生　（衣笠の顔にハッとして）あれ……？
衣笠　はい？
短大生　（衣笠をしげしげと見て）あ……
衣笠　え。
キリナ　なに？
短大生　やっぱりそうだ……！
衣笠　（やや気まずそうに）なんだよ。

短大生　返してください、三十万。
衣笠　え？
短大生　十万かける三人分。
衣笠　なに言ってんのこの人、人違いだよ失礼だな。（キリナに）行こう。
短大生　（キリナに）この人、旅行代理店で私達のお金騙しとったんです。
キリナ　え。
衣笠　なに言……行こうよ。
キリナ　私もうちょっとここにいる。
衣笠　なんで。
キリナ　大丈夫もうピョコッと飛び出したとこには行かないから。（短大生に）ごめんね、ちゃんと返してもらいいな。
短大生　はい。
衣笠　冗談じゃないよ。（と行く）
短大生　（後を追い）冗談じゃありません。
衣笠　本当に怒りますよ。
キリナ　ジョイフルワールドでしょ。
短大生　ジョイフルワールド。キヌガサさん。
衣笠　……。（行きながら）まいったな……はい降参。
短大生　（後を追いながら）返して。
衣笠　じゃああの、ちょっと何か書くからさ、
短大生　念書？

衣笠　みたいななんか。それよりあなたビデオ出る気ない？
短大生　え？

衣笠、短大生、去った。
階下では時夫が椅子に座った佐久間の死体を発見し呆然としていた。

キリナ　（老婆に）すみませんなんか、バタバタしてしまって。

老婆、眠っていた。

キリナ　（クスリと笑って）……。（階下の時夫に気づき）あれ、まだいたんですか？
時夫　ああ……
キリナ　どうしたんですか？（死体を発見して）なに？
時夫　死んでる。
キリナ　え。
時夫　死んでるんです……。

キリナ、階下へ。
ラジオからノイズ、続いて音楽。
死体を見つめる時夫とキリナ。

キリナ　どうして?
時夫　わからない。
キリナ　(近づいて行く)
時夫　……。
キリナ　死んでるの……?
時夫　死んでます……臓器のコーディネーターさんですよ……。
キリナ　ぞうきん?
時夫　臓器。昼間少しだけ話をしたんです。保険会社を辞めて、今は臓器移植のコーディネーターをしてるって……登録してもらうんだそうです、目の角膜や骨髄、それから腎臓や肝臓を提供してくれる人に……。
キリナ　そんなに取られたら死んじゃうじゃない。(ハッとして)それで死んだの!?
時夫　死んでから取るんです。ただし死体から勝手に盗んでいくわけにもいかない。それで登録してもらうんだって言ってました。若くて健康な臓器ほどありがたいんだって。
キリナ　いくらになるんですかそういうのって。
時夫　私も聞いてみたんですよ、気になりますよね。
キリナ　はい。
時夫　そしたらね、健康診断の結果によるけど、私くらいの歳だと、角膜、肝臓、腎臓三つ合わせても百二、三十万だそうですよ。
キリナ　安い。
時夫　でしょ。それでも中国人やインド人の三倍以上なんだそうです。
キリナ　え安すぎ。

時夫　日本人で若いのがいいんだそうです……言ってましたよ……保険屋やってた時は客に長生きしてもらいたかったのに、今はなるべく早死にしてもらいたいって。
キリナ　（納得して、死体を見つめ）それで早死にを……。
時夫　いや、そうじゃないでしょう。
キリナ　ああ……。
時夫　ええ……。

と、そこへ耳夫の声が聞こえる。

耳夫の声　（嬉しそうに）兄ちゃん！
キリナ　あ。
耳夫の声　兄ちゃん！
時夫　耳夫ぉ！
耳夫　（来て）兄ちゃん！　兄ちゃんとうとう出ましたよテレビに。
時夫　え。
耳夫　兄ちゃんと茨目、とうとう出ました。
キリナ　弟さん？
耳夫　（キリナに気づいて、抗議するように）ああ！
キリナ　あごめんねさっきは待ってなくて。
時夫　え、ウチの弟、（知ってるんですか？　の意）
キリナ　ええさっき、ね。

耳夫　ね。
キリナ　なんか安心するんです。
時夫　安心？
耳夫　（死体に気づいて）あ。
時夫　耳夫見ちゃだめだ。（と耳夫の体の向きを変えさせた）
キリナ　そうか、これ、誰か船の人にあれした方がいいんですよね。
時夫　あそうですね。
キリナ　行って来ます。
時夫　すいません。じゃあ私はここで、
耳夫　（キリナに）どこ行くのよぉ。
キリナ　すぐ戻ってくるから。

キリナ、去った。

時夫　（ハッとして）テレビってなんだ⁉
耳夫　（嬉しそうに）テレビですよ！　兄ちゃんと茨目二人並んで。見かけたらすぐに一一〇番。
時夫　……！
耳夫　（死体に）はいどうも。起きてください。
時夫　……。（呆然としている）
耳夫　（死体に）歯の方は生えましたか？
時夫　喋らないよその人は……。

耳夫　なんで？
時夫　死んでるんだよ……。
耳夫　（死体を叱りつけて）ええ、何やってんのぉ⁉　あ、僕が撃ったから？
時夫　え！
耳夫　え⁉
時夫　今なんて言った。
耳夫　え！　って言った。
時夫　その前！
耳夫　（忘れた）
時夫　もういいよ、これ、お前がやったのか⁉
耳夫　これ？
時夫　お前が撃ったのか！
耳夫　うん、茨目には当たらなかった。（と残念）
時夫　銃は捨てたって言ってたのに……。
耳夫　え？
時夫　……そっち持ちなさい！
耳夫　え！
時夫　（一瞬老婆を気にして）早く！　そっち持って運ぶの！
耳夫　なんで？
時夫　いいから早く！

耳夫と時夫、死体を運んで下手へ向かう。
以下、運びながらの会話。

耳夫　ねえ兄ちゃん、いつ自首するの？
時夫　島に着いてからだよ。茨目君に言ってないだろうな。
耳夫　言ってない。え？　そしたらば僕は一人ぼっち？
時夫　……すぐ戻って来るよ。
耳夫　……。
時夫　……。
耳夫　兄ちゃん。
時夫　なんだ。
耳夫　ボク、茨目嫌いだ……。
時夫　……。

二人、いなくなった。
階上の老婆だけが残された。
少しの間。
金王と妻が戻って来た。

金王　（老婆に）母さん駄目だ。交渉決裂。っていうか大変なことになった。
妻　（不満気に）信じらんない……！

金王　向こうは母さんを返さなくていいっていうんだ。そうはいかないって言ったら、じゃあいくら払うって。
妻　なんで誘拐した方がお金を払わなきゃいけないんです！
金王　わかりませんよ！
妻　どうするの？　大失敗!?
金王　どうしよう母さん。

老婆、眠っていた……。

妻　眠ってるわ……。

時夫と耳夫が死体を投げ込んだのだろうか、前方の方でドボーンという音がした。

金王　なんだ？
妻　（その音には気を留めず）やだわ……あなたもすっかり情が移ってしまったし……。
金王　仕方ないだろ、母さんが、すっかり母さんなんだから。問題は、わりかし誰にでもすっかり母さんなことだね。
妻　どうするのよ。このままだと私達この人引き取って、何の問題もない幸せな三人家族になっちゃうじゃないですか。
金王　問題あるでしょう。借金どうすんの！
妻　だからどうすんのって言ってんでしょ！　こうなったらなんか、テキトーに電話してみたらどうですか？
金王　テキトーって誰に⁉
妻　スズキさんとか、
金王　誰だいスズキさんて、
妻　知らないけど……「もしもし」って電話して、「スズキさんですか」って聞いてみて、「違います」って言ったら、「失礼しました」って言って切ればいいじゃないの。
金王　そういうの……電話かけたことになるかい？
妻　なるわよ。
金王　でも、「そうです」って言ったらどうしよう？
妻　なによ、そうですって。
金王　いやだからね、「スズキさんですか」って聞いて、「そうです」って言われたら……？
妻　……。
金王　ね、お前の駄目なところはそこなんだよ。ちょっと見はよくても、もうひとつ踏み込みが足りないんだ。
妻　「そうですか」って言えばいいじゃないの。
金王　なんだい、そうですかって……。
妻　「もしもし、スズキさんですか」って聞いて、「そうです」って言われたら、「そうですか」って言って切るんですよ。
金王　そりゃひどいじゃないか。
妻　何がひどいの？
金王　だって、そうですかはないよ。「そうですか」なんて言われて切られたら、その人はきっとどうしていいかわからないような気分になると思うな。

妻　でも現にその人はスズキさんなんですよ。だから「そうです」って言うんですからね。そう言われたら、「そうですか」って言うのは自然な反応じゃないですか。

金王　（悩んで）うーん……だけど、そもそもそんなことしてる場合かな。

妻　仕方ないじゃないですか。

金王　でもなぁ……。母さんに聞いてみよう。母さん。

金王、軽くゆすってみるが老婆は動かない。

金王　母さん……？

やはり動かない。

金王・妻　……!?

緊張感。
波の音。

金王　母さん……!?　母さん！

老婆　はいはい。

老婆、生きていた。

金王・妻　おおーっ！
金王　やめてくださいよそういうのぉ！
老婆　ん？
金王　んじゃなくて！

階下に、妹がおそるおそる現れた。様子を見に戻って来たのだろう。
妹、死体がないことに愕然とする。

妹　……!?
妻　ひじが反対側に曲がっちゃうかと思いましたよ。
金王　なんだいそれは。
妻　驚いたってことよ。
金王　（釈然としないが）母さん、ようやくあの人達と話せたんだけどね、
老婆　はい。
妻　驚くほど値打ちがないんですよあなたは。
金王　そんな言い方ないだろう。
妻　だって、お金持ちの家なんでしょ、なのに、
金王　バカ、統計ではね、金持ちほど、古いズボンのポッケから百円玉が出て来た時に、喜ぶんだよ。
妻　ケチってこと？

老婆　私はいくらなんだい？
金王　……。
妻　（老婆に言いきかせるように）あのね、古くなった冷蔵庫とか壊れたテレビとかって、お金を払わないと回収してくれないでしょ。
金王　母さんは廃品じゃないよ！

キリナが船長を連れて階下にやって来た。

妹　！
キリナ　こっちです。
船長　（妹に）あ。
キリナ　……あれ。
船長　どこですか？
キリナ　（妹に）ここにいた死体の人は？
妹　はい……!?
キリナ　いたでしょ死体。椅子に座って。
妹　いいえ……。
キリナ　嘘よ……私もう怒ってないよ、少ししか。
妹　ですけど、そんなものありませんでしたから……。
キリナ　嘘……あなた嘘ばっかり……。
妹　……。

キリナ　（階上の金王達に）ここに死体の人いましたよね。
金王　死体⁉
妻　やだわ……。
キリナ　いたでしょ、肝臓とか腎臓とかあれして、早死にしたんですよ。
金王　わ、惨殺？
キリナ　（船長へ）いたんですよ。鼻吉さん達に聞けばわかります。
金王　（老婆に）母さん見ましたか？
老婆　見ましたよ。
皆　⁉
キリナ　ホラ！
老婆　大きな鳥の上で、死んだ人達が幸せぇに暮らすんです。
金王　それは今母さんが見てた夢でしょう。

そこへ時夫と耳夫が戻って来た。

耳夫　わ、いっぱい人がいる。
キリナ　あ。
時夫　こんばんは。
キリナ　どこ行ってたんですか？
時夫　どこって？
キリナ　死体を見張ってるって言ってたでしょ……！

耳夫　（しらを切るが、かなりしらじらしくなってしまう）死体？　なに死体って。
キリナ　え。いたじゃない、ここに座って。安い内臓の、コージネイターさん。
耳夫　（ことさらしらばっくれて）んん知らない全然知らない、ね。
時夫　（そのあざとさにやや困惑が見えるが）ああ、私達今までずっと、な、
耳夫　うん、
時夫　部屋でテレビを
耳夫　（同時に）食堂でごはん食べてたから
船長　どっちなんですか。
時夫　（しどろもどろで）私は部屋で弟は食堂です。
キリナ　食堂はもうやってないでしょ。
耳夫　……（時夫を見た）
キリナ　どうして嘘つくの……？
時夫　食堂に弁当を持ってったんだろ。
耳夫　そう。

短い間。

船長　ともかく、調べてみますから、
キリナ　どうして嘘つくのみんな……。
妻　（キリナを見ていたが、ハッとして金王に）ねえ……その人、唄うたってた人じゃない？
金王　唄？

キリナ　（突然笑顔になって）こんばんは。
妻　そうですよねぇ、むかーしテレビ出てましたよねぇ。
キリナ　そんなに昔じゃないけど……。
妻　（金王に）そうよホラ！
キリナ　あとでサインしましょうか？
妻　ああサインは勘弁してください。
キリナ　（さびしく）そうですか……。
耳夫　時夫兄ちゃんだってテレビ出ましたよ。
妻　そうなの？
時夫　（同時に、小声で）バカ！（皆に）のど自慢に昔、
耳夫　うん見かけたらすぐに一一〇番。
妻　え。
時夫　唄ったんです。（唄って）♪見かけたら〜一〇〇番〜、

短い間。

船長　ともかく、調べてみますから。

そこへ銃声、続いて悲鳴。

船長　なんだ!?

妻　銃砲？

姉が悲鳴をあげて逃げ込んで来た。
銃を手にしたリカが、すぐ後を追い立てるようにしてやって来た。もう片手には例の鞄。
全員、それぞれに悲鳴など。

リカ　動くな！

人々、ピタリと止まる。

リカ　この船は占拠しました。逆らうと撃ちます。
時夫　何をしてるんだ君は！
リカ　私達指名手配されてる。
人々　⁉
リカ　このまま島に着いたら捕まるだけよ。
時夫　だからさんざん言ったのに君が聞かなかったんじゃないか！　岡チンが捕まったんだから私達のことだって警察に（全部）
リカ　（遮って）岡ポンは捕まってない！
時夫　だって岡チンが
リカ　（絶叫して）岡ポンは平気！
船長　落ち着きなさい、事情はよくわからんが、バカなまねはやめるんだ。

金王　そうそう、きっと岡ポン平気だから。
キリナ　あと岡チンも。
時夫　いや、岡ポンは岡チンなんです。
皆　（意味がわからず）え？

耳夫、不意につかつかとリカに歩み寄るとピストルを奪い、乱射した。

リカ　！

だが、めくらめっぽうなので弾は当たらない。
船長が止めようとして走り出す。
とその時、どういうつもりか、耳夫、船長に向かって発砲した。弾は船長の胸を射貫いた。

船長　！
時夫　なぜ撃つか！
耳夫　ん!?

船長、くずれ落ちた。

船長　うう！
姉・妹　おじちゃん！

キリナ　え……!?
妹　しっかりして！　おじちゃん！
姉　救急箱！
リカ　（混乱状態で）動いちゃ駄目！
船長　……健康診断……。
妹　え？
船長　健康診断の結果を見ておいてくれ……。
妹　なあに健康診断て。
船長　受けたんだ……今頃結果が出ている……気になって気になって……（事切れた）
姉・妹　おじちゃん！
船長　おじちゃんて呼ぶな。（改めて事切れた）
姉・妹　船長！

汽笛。
またたく間に暗転。

7・長めのエピローグ

二日後の昼である。晴天。

今、階上にいるのは金王、その妻、老婆、階下には姉、妹、衣笠、そして、時夫とリカ。リカは相変わらず銃を持ち、例の鞄は傍らにある。

売店は開いているが、中の物は随分減っているように見える。飲み干された缶ジュースや食べかけ、あるいは食べ尽くされた菓子類がそこかしこにある。リカがイライラした様子で携帯電話で話をしている。

リカ　だから、まだ船の上なんです。なんのって、避難船ですってば。……え⁉　わかりませんよどこかなんて。警察でしょ、逆探知とか出来ないんですか？　逆探知してここがどこか……船の人達もわからないっていうんですよ。だから本部からの指令が途絶えたんです。だから地震対策本部ですよ。え、なに言ってるんですかそんなはずないですよ。目印？　周りにですか。（見て）……海。
（相手が切ろうとしたのか）ちょっと待ってください要求だけでも聞いてくださいよ！
衣笠　聞くだけじゃ駄目よ！
リカ　すぐです。まず一つめ。島にヘリコプターを用意すること。（相手がわかってくれのか）島ですよ！　二つめ。えーと、ちょっと待ってください、（金王に）小室なんでしたっけ。
老婆　ハル。
リカ　（電話に）小室ハルさんの身代金三千万を至急、
妻　（慌てて）あ、やっぱり三千五百万。

金王　（咎めて）おい、
妻　五百万はとっておくんですよ。
衣笠　あ、いいなあ。
リカ　三千五百万を至急用意すること。逆らうとハルさんの命は保障しません。三つめ。歌手の一之江キリナさんの身代金が三千万円、
衣笠　（ねだるように）あじゃあウチも三千五百万にしてよ。
リカ　ごめんなさい、三千五百万です。これも至急です。以上三つの要求を、
姉　あれ私達のは？
リカ　（電話に）ちょっと待ってください。
金王　だからそれは必要ないって言ったじゃない。
姉　手術は必要なくったってお金はいるんです。
リカ　（煩わしそうに姉に）三百万でいいんですか？
姉　五百万。
妹　多過ぎるよ。
リカ　（半ばヤケで）いいですよ。（電話に）あとなんか、一千万。（皆、リカを見た）以上四つです。あれ。もしもし。もしもし。……（切れていた）
衣笠　切れた？
リカ　（妹にイライラと）オレンジジュースくれます？
妹　もうありません。
リカ　……。自販機は？
金王　もう飲み物は出てこないよ。出てくるのはなんか、忌《いま》わしいものばかり。（老婆に）あの時は

不満だったけど、ミルクティー押しておーいお茶を飲めるっていうのは、あれはとても幸せなことだったんだね母さん。眠ってるか。

老婆、眠っていた。

衣笠　（リカに）なんだって？
妻　（警察が）信じないの？
リカ　へんよ……。
衣笠　へんて？
リカ　地震対策本部って言っても、避難船って言っても、なんか向こうちっともわかってないみたい……。
姉　え……。
衣笠　なめられてんだよ。
姉　（ヒステリックに）どうするの⁉
リカ　……。
姉　ねえどうするの⁉
妹　（ボソリと）お姉ちゃんうるさい。
姉　（大声で）なによ！
妻　（リカに）携帯返して。
リカ　駄目。またかけるから。

とその時、リカのポケットで別の携帯電話が鳴る。リカ、ポケットから自分の携帯を出すと着信確認をする。

リカ、その瞬間、なぜか表情をハツラツとさせて電話に出た。

妻　持ってるんじゃない！

リカ　(電話の相手に明るく) もしもし、ちょっと待って、(時夫に銃を渡した)

時夫　誰だ。

リカ　(無言で時夫にニカッと笑い、去って行く)

時夫　誰だよ！　茨目君！

リカ、行ってしまった。

少しの間。

衣笠　(時夫を茶化すように) 浮気だな。

時夫　……。(人々に) すみません。(皆見た) もう少しだけ付き合ってやってください。

金王　もう付き合ってないよ。

妻　ねえ、お金請求しちゃったら私達、もう人質じゃないの？

姉　人質でしょ。

金王　人質でしょう、お金は一括払いであの人達に払い込まれるんだから。

妻　よね。

と、皆、まるで人質の立場でいたいかのよう。

衣笠　うーん、どうなんのかなあ。
時夫　（力なく）払い込まれませんよお金なんて……誰も信じません……誰も私達のことなんか心配してないんですよ……。
姉　そんなことないわよ……！
妹　みんなおかしいのよ……。
姉　（イライラと）節ちゃんまだラジオつかないの？
妹　駄目。
姉　テレビは？
妻　さっきあれしてみたけどもう全然映らない。
姉　（責めるように）節ちゃんラジオもう一度やってみなよ。
妹　……。

妹、売店内へ、ラジオを見に行った。

妻　ねえ、もしこのまま船を着ける島が見つからなくて、他の船にも見つけてもらえなかったら私達どうなるの？
金王　そういうことはね、考えない方がいいんだよ。人間悪いことを考え始めると悪い方に悪い方にあれしちゃうだろ。お相撲さんだってそれで太りはじめたんだから。
妻　そうなの？
金王　知らないけど。

衣笠　そんなことあるわけないでしょう。必ずそのうち、どこかには着きまさあな。
姉　そのうち？　そのうちじゃ駄目じゃない。
衣笠　あんたさっきから文句しか言わないな。
姉　だってどうすんの⁉
衣笠　信念というものを持たなきゃいけませんよ。
姉　信念？
衣笠　信念は大事ですよ。信念があるのとないのとでは大違いだ。（時夫を悟すように）犯罪でも、信念がしっかりしてりゃあ応援する人だって出てくるんです。
時夫　やめてください。
姉　節ちゃんどう？

老婆が顔を上げた。

金王　あ、起きてたんですか。

妹、しばらくラジオのチューナーをいじっていたが、

妹　駄目。
老婆　これは夢かい？
金王　え？
姉　（誰に言うでもなく）どうするの……⁉

老婆　夢じゃないんですか。
妻　これは夢じゃありませんよ。
老婆　そうですか。
金王　私もたまにありますよ。眠るでしょ、そうするとね、すべてが夢だったように思えてくるんです……私は家の中にいて、ふと隣を見るとサオリとヒトシが幸せそうな寝息をたてている……よくよく眺めればヒトシなんて笑ってさえいます……カーテンを開けてみりゃあ、空はもう、馬っ鹿じゃあなかろうかってくらいの青空です……それで思うんですよ……なんだ、全部夢だったのかって……。しかし念には念を入れて、私は一応点検の為に近所を散歩することにします……。ほら見ろ、大丈夫じゃないか、お隣の田辺さんちだって、向かいの田辺さんちだって、はす向かいの田辺さんちだって……。なんだよ……。（と安堵のあまり笑い出す）私は軽やかに歩き出すと田辺さんちを右に折れて大学通りから商店街に入ります。異状なし。街は平和そのものです……。鳥肉屋。マクドナルド。靴屋。田丸さんち。金物屋。めんぼく屋。トントさんち。私もこのあたりで気づくべきだったんです、今見ているこれこそ夢なんだって。誰ですトントさんて。トントさんなんていない！
老婆　その前にめんぼく屋ってナニ屋です？
金王　そうなんです。よく気がつきましたね母さん、こっちが聞きたいくらいです。大体へんでしょう、ウチの周り全部田辺さんなのは。
老婆　いえそれは別に。
金王　へんですよ。
妻　ちょっと待って、そもそもサオリとヒトシって誰です？
金王　そうなんだよ、人んちで勝手に寝て、しかも笑ってるなんてね。

老婆　（不意に）ん？
金王　ん？
老婆　……何か聞こえたろ。
衣笠　……何かって？
妻　なんですか……？
老婆　何か恐ろし気な、なんでもないよ。
金王　また母さん。
妻　（怯えて）やだわ……。
老婆　それで？
金王　え？
老婆　どうしたんだいそれから。
金王　ああ、私は数々の異状にはみじんも気づかずに、もうニッコニコしながら歩いて、で商店街をぬけたあたりで場面が変わりまして、私は神社の境内で白身魚の早食いコンテストに出場中です。もう前の場面全然関係ないんです。
老婆　夢はそうなんですよ。
金王　夢はね……。

ペットボトルに黒っぽい水を汲んで田中と美大生、短大生が来た。短大生が時夫に伝えた通り、美大生が田中に恋していることは、そのマナザシからも明らかなのだった。

姉　どう？

田中　うーん、やっぱりちょっち濁ってるんですよ。ね。
美大生　（ひどく従順に）はい。
衣笠　（ペットボトルの中の液体があまりに黒いので）それ水かい？
金王　（そんなことより田中の言葉遣いが気になって）今ちょっちって言わなかった？
姉　飲めるの？
衣笠　こんなもんインド人でもなきゃ飲めねえだろ。
金王　今ちょっちって、
妻　（金王を制して）流行ってるのよ。
姉　（まるで田中達の責任のように）飲めなくちゃ、どうすんの!?　水が駄目じゃ飲むものないよ!?
田中　んん……。ねえ。
美大生　はい。
衣笠　水がこれじゃあなあ。
時夫　ろ過すれば？

短い間。

田中　……ろ過か。
衣笠　ああ、ろ過。
金王　ろ過ね。
老婆　ろ過。

姉、妻も「ろ過」と言い、皆口々に「ろ過、ろ過」と何度も繰り返すが、

時夫　わかってないでしょう皆さん。ろ過ですよ。
妹　でもこれ、なんかカビみたいなものが混ざってますよ。
時夫　カビ？
田中　ウンコ臭いんですよ。
妻　ウンコなの？
田中　どうなんでしょう。
衣笠　インスタントコーヒーとかにしちゃえば色がついてよくわからんようになんじゃない？
時夫　それ意味ありませんよ。いざとなったら海水をろ過したほうがまだ安全でしょう。

皆、意味わからないままた「ろ過、ろ過」と言った。

時夫　……。
田中　じゃあこれ持って来ても仕方なかったね。
美大生　（頬を赤らめて）はい。
田中　臭かったね。
美大生　はい。
田中　大学生？
美大生　はい。ムサビ。
田中　え？

短大生　（呆れて）わからないんですか？
美大生　武蔵野美術大学です。
田中　へえ美術大学。俺も絵の方やってたんですけどね。
美大生　え、そうなんですか？
田中　そうなんですよ。
美大生　え、油ですか水彩ですか？
田中　ん？　いやそういうんじゃなくて、風景とか？
美大生　……ああ。
衣笠　新聞もらうよ。

衣笠、売店のスタンドから新聞を一部抜いた。

妹　おとといのですよ。
衣笠　いいよ。
田中　よく描いたのは、自分の後ろ姿？　鏡にこうやって映して描こうとするんだけどさ、不便なんだよね、ふって振り向くと大抵向こうも振り向くんだよ。
美大生　ハハハ。
衣笠　（小銭を置いて）ここ置くよ。
妹　いいですよ。
衣笠　いいよ。
田中　五回に一回くらい一瞬向こうの方が遅れるんだよ。

美大生　ハハハ。
田中　（真顔で）なに笑ってんの。
美大生　……。
田中　だからさ、その一瞬を記憶に焼きつけてから描くんだけど、描いてるうちにどんどん記憶とずれるでしょ。
美大生　ああ、ずれますね。
田中　っていうかもう描きたいものがズレてきちゃうんだよね。ライオンとか描きたくなっちゃう。
美大生　ああ。
金王　若いっていうのはそういうことだよ。
妻　え？
田中　（金王に）才能ないんスよオレ。
美大生　そんなことないんじゃないですか。
田中　うーん。
衣笠　（新聞を広げていたが、つくづく感心して）千昌夫ってすげえなあ……ダテにイボつけてねえよ。
田中　（短大生に）彼氏とかいるの？
美大生　（嬉しそうに）いません！
田中　いやあんたじゃなくて。
美大生　……。
短大生　（冷たく）どうしてですか。
田中　（短大生に）あれ……。

短大生　なんですか？
田中　君さ、先週のヤンジャンに出てなかった？
短大生　え……
田中　グラビア。出てたでしょ。
短大生　ヤンジャン？
時夫　（田中の言葉にハッとして）あ！
田中　（時夫に）え？
短大生　出てません。
田中　あれおかしいな、可愛いなと思ったから覚えてたんだけど……。
時夫　（田中に）君は……手当たり次第か⁉
田中　え何が？
短大生　マユチ……。

短大生、美大生を連れて行こうとするが、美大生は動こうとしない。

田中　（時夫がじっと見ているので、やや威圧的に）なんだよ。
時夫　（ひるんで、ようやく発した精一杯の悪態が）ポマードが臭いよ！
田中　……え？
時夫　いいけど……。
衣笠　（妹に）いくらだと思う借金、千昌夫。
妹　（興味なくて）さあ。

衣笠　（金王に）いくらだと思います？
金王　千八百億。
衣笠　（驚いて）当たり。
金王　見えるからね。（と階上から新聞を覗き込んだ）
衣笠　なんだよ。
妻　千八百億⁉

そこへキリナと耳夫が来た。

耳夫　じゃあもしあなたがメスブタコンテストに出て、
キリナ　やだそんなの出ない。
耳夫　賞金百億万ですよ。
妻　百億万！
金王　いちいち驚きなさんな。
キリナ　百億万でも出ない。
耳夫　え！　もしメスブタだったらですよ。
キリナ　メスブタじゃないもん。
耳夫　（考えて）じゃ、もしメスブタじゃなかったら。
キリナ　そいじゃあたしがメスブタだってことじゃない。
耳夫　（理解出来ず）え？
姉　どうだったんですか⁉

キリナ　なにが？
姉　電気確かめに行ったんでしょ。
キリナ　あ。（忘れたのだ）
姉　あって。
田中　だから駄目ですって。機械室の発電機がアジャパーなんですから。
姉　アジャパー!?
妻　じゃあ夜真っ暗なの？
衣笠　おっ、いいね。
田中　懐中電灯とロウソクかな。
金王　だけど考えてみたら、自販機ってこれ、電気なんじゃないの？
姉　そうよ！
妻　（同時に）そうね。
金王　出たよさっきこれ、こげたコケシが。
田中　そうですねえ。

金王、立ち上がって自販機へ。

妻　（金王の背中に）また買うの？
時夫　（耳夫に）どこ行ってたんだ。
キリナ　電話してたんだよね、携帯で。
時夫　電話？

耳夫　（慌ててキリナを制し）シーッ、
キリナ　（冷やかすように）あ彼女か？　メスブタか？
時夫　お前携帯なんか持ってないだろう。
妻　（金王に）もったいないわよ。
耳夫　（キリナに）もう……！
キリナ　（耳夫のセリフを先取りして）やってらんないや？
耳夫　（先取りされたことに腹を立てて）ああ！
キリナ　ごめんごめん。
時夫　出しなさい。
耳夫　え。
時夫　電話。
耳夫　……。

耳夫、仕方なさそうに、身につけていたウェストポーチの中をがさごそと探った。
リカが戻って来た。

妻　（自販機に小銭を入れている金王に）やだわどうせロクなもの出てこないのに。
金王　やあ！（と自販機のボタンを押した）

とそのとたん、自販機の正面パネルを突き破り、恐ろしく勢いのよい煙が噴出した。皆、飛び上がらんばかりに驚いた。

リカ　なに！
衣笠　なんだよ！

煙が消えると、あろうことか、そこには巨大な象の鼻がうごめいていた。
自販機の裏の壁の向こうから、象が鼻だけ突き出したのだろうか？

キリナ　なにこれ……！
金王　象だ……。

象、啼いた。その啼き声はどこか悲しそうだ。

妻　象……!?
田中　なんで象が。（と近づこうとする）
美大生　危ない！

金王、ドアを開けて廊下に出、壁の向こうにいるであろう象を確認しに行った。
少しの間。
皆が見守るなか、金王戻って来た。

金王　（驚きの表情で）裏には何も……！

姉　え、じゃあなに⁉

金王　この中に入ってるんです。（自販機のことだ）

美大生　（田中が象の鼻から離れようとしないので）危ない！

衣笠　え、だけど……だとしたら、体、大変なことになってないかい……⁉

田中　大変もなにも……

自販機は、とても象一頭が入れるような大きさではなかった。

キリナ　（憐れむように）子供の時に閉じ込められたのね。

短大生　ああ。

姉　誰に？

金王　っていうかふと迷い込んだんじゃないかい？

時夫　どうやって！　象ですよ！

衣笠　ふと気づいたらいたんじゃないの？

妻　（納得して）ああ、ふと船に乗ってると、

時夫　（遮って）だからそんなふとしたことで象はそんなものの中に入りません。大体ふと船に乗ってるってなんですか。そんなこと人間にだってありませんよ。

キリナ　わかりませんよ、あなただって死体の人のこと覚えてないんでしょ……。

時夫　……。

キリナ　消えたんですからあの人……。この船の上ではもう何が起こっても不思議はないんです……。

金王　だけど、自動販売機押して象が出るっていうのは……。

短大生　なんか奇妙な磁場のようなあれですか？
キリナ　磁場。
皆、口々に「磁場」と言った。
中に一人だけ「ろ過」と言った者がいる。

金王　誰か今ろ過って言わなかった？
皆、口々に「ろ過」と言ったり「磁場」と言ったり。いずれにしろ意味はわかっていなかった。

時夫　ろ過と磁場はまったく違います……！
キリナ　ろ過？
田中　（象に近寄って）これどうしましょう。
美大生　危ないぃ！
田中　うるせえなあ。（冗談で）ろ過しちゃうぞ！
キリナ　出してあげようよ。
衣笠　どうやって。
キリナ　みんなで引っ張るのよ。
時夫　ちぎれちゃいますよ。
キリナ　鼻だけでも助かればいいじゃない。
田中　……え？

象が啼いた。悲しそうに。

キリナ　ホラ、「そうして欲しいぞう」って。
金王　あ象だからね。
姉　象なんかどうだっていいじゃない！
キリナ　よくないわ。

とその時、突然耳夫が走り出し、リカの不意をついて銃を奪うと階上へ行き、象に向かって引き金を引いた。
リカとキリナ、悲鳴。が、弾丸は発砲されなかった。

間。

幾度も引き金を引く耳夫。弾丸は一発も入っていない。

リカ　（怒りにふるえつつ時夫に）なんで弾丸《タマ》入ってないの……？
時夫　……。
耳夫　（リカを撃とうとする）
時夫　耳夫よしなさい。
リカ　なんで弾丸《タマ》入ってないのよ！（耳夫の頬を張る）
時夫　（今までになく大声で）やめろ！
リカ　……。

耳夫　茨目ぇ！

耳夫の絶叫と共に、突如、ガラガラと音をたてて勢いよく売店のシャッターが閉まった。

妹　ひ！
姉　なに!?

象がひときわ大きく啼いた。

時夫　耳夫に触るなぁ！
リカ　（時夫にあてつけるように耳夫を押す）
耳夫　（尻もちをつく）
時夫　やめろ！（リカの頬を張った）
妹　（シャッターを見ていたが、階上の耳夫に視線を移し）あの人よ。
姉　え。
時夫　すまない……。
リカ　（顔を押さえて黙っている）
時夫　だけど、もうやめよう。私達がしたことは、犯罪だ……。
リカ　制裁でしょ。そう言ったのあなたでしょ。
時夫　あの時はそう思ったんだ。
リカ　外国に逃げようよ。

時夫　……。
リカ　愛してるって言ったでしょ!!
時夫　……。
リカ　（皮肉っぽく）あの時はそう思ったんだ。
時夫　今も思ってるよ……。
衣笠　（冷かすように）ヒューーッ！
金王　いやヒューとかそういう空気でもないみたいよ。
耳夫　（尻もちをついたまま顔を押さえていたが）うう……。
時夫　大丈夫か耳夫。
耳夫　歯……。
時夫　歯が抜けたか。
耳夫　（口の中から何かを取り出して）あ、
時夫　なんだ、それ……。
耳夫　時夫兄ちゃんの小指。
時夫　え……。
耳夫　小指ですよ。
キリナ　足の？
時夫　どうして口の中に……!?
耳夫　保管です。
時夫　……保管しててくれたのか。
耳夫　はい。（と指を渡した）

時夫　……ありがとう……。
妻　……どうしたんですか、足……。
時夫　金庫を、落っことしたんです。
リカ　今さらくっつかないわよ……！
耳夫　え⁉
時夫　（耳夫に）いいんだよ……。

象が啼いた。とても悲しそうに。

時夫　なあ茨目君もうやめよう。もうおしまいだ。
リカ　いやよ！
時夫　茨目君、
リカ　じゃあ私だけ逃げる。
時夫　一人でか。
リカ　……。
時夫　……。
リカ　岡ポンとよ。
時夫　岡チンは捕まったよ！
リカ　捕まってないのよ！　さっきの電話だって岡ポンからだもん。
時夫　……⁉
リカ　一緒に逃げようって言われたわ……。迷ったよ、今だって迷ってた。それを課長が、

時夫　君……岡チンと……
リカ　寝たわよ。
衣笠　ヒューッ！
金王　あんたなんでもヒューか。
時夫　私は連絡をとっていたのかって聞こうと思っていたんだ、そんな、寝たとかそういうことまで言うことないじゃないか！
リカ　だってホントのことだもん。
時夫　……（何を言うかと思えば）何回？
リカ　わかんないわよいちいち数えてないし。五十回とか百回とか、
時夫　（愕然として）五十回と百回じゃ全然違うじゃないか！
リカ　そういうことよ。
衣笠　（リカを見ながらボソリと）ビデオに出ねえかなぁ。
短大生　え、そういうビデオなんですか？
衣笠　あ君のは違う。
キリナ　え出るの⁉
短大生　二十万もらえるんです。
キリナ　安い。
衣笠　相場だよ。ＡＶ業界も今大変なんだから。
短大生　ＡＶなんですか⁉
衣笠　（ごまかそうと）アマチュアベースボールだよ。
短大生　ああ。

田中　それじゃABじゃないですか。
衣笠　（威圧的に）るせえなあ！
田中　すいません。
衣笠　商売の邪魔すんなよ。
田中　はい……。トイレ。いいスかトイレ行って。
時夫　……もう皆さん自由です……。（妻に）これ、……お返しします……。（と携帯電話を返した）
姉　なに！　じゃあもうお金もなし？
時夫　全部なしです。さっきも言いましたけど、どうせお金なんかもらえません。
衣笠　おいおい。
時夫　おいおいじゃありません。
妻　ひどいわ。じゃあ一体私達なんの為に二日間も真面目に人質やってたの？
衣笠　そうだよ。
時夫　だからそれは謝ったじゃないですか。
衣笠　謝って済んだら警察いらないよ。
時夫　だから自首します。そういうことです。おしまいです。

短大生、このやりとりの間に去って行った田中の後ろ姿を冷やかな目で見ていたが、美大生に小声で、

短大生　マユチ、やめなよあんなの。
美大生　ミーちゃん、
短大生　え。

美大生　あたしもうミーちゃんと友達やめるから。

そう言うと、田中の後を追って去った。

短大生　なんでよ……！
美大生　（去りつつ）なんでも。
短大生　ひどい……。

短大生、美大生の後を追おうとして、

短大生　（去り際、時夫に）おじさんの嘘つき。
時夫　え。

短大生、行ってしまった。

時夫　……。
金王　（妻に）じゃああの、気を取り直してもう一度母さんとこかけてみるか。
妻　（元気なく）ええ……。
金王　そしてこういう時こそリダイヤルだよ。

金王が、携帯電話のリダイヤルボタンを押したとたん、リカの携帯が鳴った。

皆、偶然だと思って――。

時夫　……岡チンか。
リカ　（携帯を見て）うん……いいのね……？
時夫　勝手にしなさい……。
リカ　ホントにいいのね……。
妻　（ハッとして、金王に）あれ!?　リダイヤルだと警察にかかっちゃうんじゃありません？
金王　え？
リカ　（時夫に）出るわよ。
時夫　（リカに）出なさい！
妻　（金王に、老婆を指して）だってその前よこの人の家にかけたのは。
金王　あっそうか。

金王が慌てて携帯電話を切ると、とたんにリカの携帯の着信音も止まった。

リカ　あ。
時夫　（思わず笑みがもれ）切れちゃったね。
リカ　すぐにまたかかってきます。
妻　あら、これ。
金王　ん？
妻　この携帯私のじゃないわ。（と別の携帯を指し）こっちよ私の。これさっき、

時夫　あ、そうだ耳夫、その携帯（どこで手に）……

とそこまで言うと、時夫、ハッとして、今まで妻が持っていた携帯電話を手にすると、リダイヤルボタンを押してみた。

リカの携帯が鳴る。

それで、時夫、リカ、ようやく事態を理解した。

リカ　……。
時夫　……。
リカ　（出て）もしもし。
時夫　はい。
リカ　……。
時夫　お元気ですか。
リカ　おかげさまで。
時夫　岡チンでぇす。
リカ　……。
時夫　（おちょくるニュアンスで、岡チンと呼ばれる男のマネをして）ホントにボクと一緒に逃げてくれるの？
リカ　るさいなぁ……。
時夫　なに、気が変わったの？　課長みたいに神経質な男はもううんざりだって言ったじゃないか。
リカ　言ってないわよそんなこと……。

時夫　課長のことなんかもうどうでもいいって言ってただろう。
リカ　言ってないそんなこと言ってない！
時夫　課長なんか、
耳夫　ヘタクソ！（と時夫から携帯を奪って、低い声で）もしもし、元気か？　ああ……、なんか腋の下汗かいちゃったよ。
リカ　……。
時夫　そっくりだ……。

リカと時夫にしかわからないのだが、耳夫のモノマネは岡チンと呼ばれる男にそっくりだったらしい。

耳夫　ところでオレ、君のこととっても好きだよ。

リカ、電話を切った。

耳夫　あ！（ボソリと）やってらんないや……！
時夫　（耳夫に）お前なんで岡チンの携帯持ってるんだよ。
耳夫　くれたですよ。
時夫　（呆れて）またか……。お前はもらったつもりでも相手はあげたつもりはないんだよ……。

リカ、不意に鞄を手にした。

時夫　なんだ!?　どうするんだ！

リカ、去った。

金王　ずーっと思ってたんだけど、何が入ってるのあの中。
耳夫　あのね、一億七千万。

皆、それぞれの気持ちで驚き、衣笠と妻は思わずリカの後を追って去った。
少しの間。

時夫　……魔物ですよ、金は……。

リカの去った方から、何かが水に投げ込まれる音がする。皆、見た。

金王　チャップリンも言ってるからね……「人生には愛と、健康と、そしてほんのちょっとのお金があればいい」って……チャップリンみたいな金持ちに言われても腹が立つだけなんだけどね……。

田中、リカが去った方とは別の方向から戻って来た。

田中　あれ、どうしたんですか？
金王　どうやら一億七千万が海の中だよ。

田中　え!?
金王　ちょっとくらい分けてもらいたかったね、一億五千万くらいね。

キリナ、売店の前にいる姉妹の方へ歩いて行った。

キリナ　（妹に）ねえ……。
妹　はい？
キリナ　死なないで済むの？
妹　はい、みたいです……。
キリナ　よかったね。
妹　ええ。（金王に）済むんですよね。
金王　うん、済む済む。
妹　騙されてたんです私。
キリナ　誰に？
金王　あのね、私の親戚で医者やってるのがいるんですよ。多分その新聞にも載ってますけど、わるーい奴でね、もう人相からして、いいことしても疑われちゃいそうな感じの。うん。そいつが騙してたの、あと私とね。
キリナ　え。
妹　（キリナに、金王のことを）最近新聞で有名な製薬会社の社長さんだそうです。
金王　うん、潰れたけどね。
キリナ　ひどい。

姉　ひどいじゃ済まないわよ。ちゃんと出るとこ出ますからね。（妹に）ね。
妹　……。
姉　節ちゃん。
キリナ　でもよかったじゃないですか。
妹　（力なく）……はい。
キリナ　（妹が元気ないので）なんか、前より死にそう。

少しの間。
妹、押し黙っていたが、不意に、決心したように口を開いた。

妹　キリナさん。
キリナ　ん？
妹　ごめんなさい、私ね……
キリナ　なに？
妹　私、嘘ついてました。ホントはあったんです……死体。
キリナ　！（大声で時夫に）ホラね！　ホラ！
時夫　（さほど力なく）私は、見ませんでした。
キリナ　……。

時夫がふと見ると、耳夫は階段の途中でうずくまるようにして眠っていた。

妹　お姉ちゃん。
姉　え。
妹　ちゃんと言おう。ね、じゃないと悪いけど私……もう、ホントに、ホントにパンクしちゃいそうだよ。
姉　何をちゃんと言うのよ……。
妹　私見たもん！　お姉ちゃんがここにいて、私を見て逃げたの！　私見ちゃったのよ！
姉　何言ってるのよ節ちゃん、なに、私が何をしたっていうの？
妹　殺したんでしょ。あの保険屋さんの人！
姉　……殺した……？

象が啼いた。

妹　仕方ないよお姉ちゃん病気なんだから。警察の人だってわかってくれるよ。
姉　殺した？　私が？
妹　見たのよ！　でもしょうがない病気なんだから、しょうがない！　しょうがないよ！
姉　……。
妹　……。
姉　……教えてあげるわ……本当のウツ病がどんなものだか……。
妹　え……？
姉　だって私、この八ヶ月間、自分で体験してきたんだもの……ウツ病っていうのはね……まったくの……完全な……絶対の絶望よ……。朝目が覚めてもなんの希望ないの……なんの興味もないの

妹　……なんにも欲しくないのよ……（強く）聞いてる!?
姉　（泣きそうな顔で）聞いてるよ。
妹　幸福になりたいなんてことを願うことさえない……だって、幸福なんてもの、そもそも存在するなんて信じられないだもの……！　死にたいとも思わない……だってはじめから自分というものが存在してないんだもの……！　死なんて無意味じゃない……！　そうでしょ!?　……後に残るものはただ……静かな……無限の……底知れない……永遠の……はてしもないユウウツだけよ……！　それがウツ病……。わかった!?
妹　お姉ちゃん……。
姉　……苦しいの……とてもとてもとても……
妹　……。
キリナ　（姉を示して、誰に言うでもなく）この人……殺してないよ。

　　妹、わっと泣いて姉に抱きついた。

姉　節ちゃん死なないんだよね……!?　ホントに死なないんだよね!?
キリナ・金王　死なない！
妹　死なないよ！
姉　死なないよね！
妹　死なない！

　　信じらんねえよ、とかなんとか、ブックサ言いながら衣笠が戻って来た。

衣笠　（姉妹を見て）泣いてるし。

続いて妻、そしてリカも戻って来た。

キリナ　……衣笠、
衣笠　（遮って）一億七千万が海のもくずだよ。
妻　（やりきれなくて）ああもう、狂ってる。
キリナ　衣笠、私ね、
衣笠　お……なに、脱ぐ決心ついた？
キリナ　私が宝くじなんか買ったのは……もし万が一当たった時に賞金を何に使うか……それを話すのが楽しかったからだと思うのね。
妻　なんだよ急に。
キリナ　それが気晴らしだったのよ……サウナで働きながら、突然運が巡ってきたらどんな暮らしをするか、いろんな物語をひねり出してお客さんとお喋りするの……。
衣笠　ああ。
キリナ　そうやってさ思いつくままにいろんなこと考えるのが楽しかったのよ……今とは違う人生を想像することで、なんていうか……心が元気になったのよ……。
衣笠　へえ。それは、よかったね。
キリナ　うん。
衣笠　それで？

キリナ　それでって？
衣笠　だからなによ。
キリナ　うん、まあ……そういう感じ。
衣笠　なんだよそれ。（と再び新聞を）
時夫　……耳夫……耳夫起きなさい……。
耳夫　ん？　メスブタコンテスト？（寝ぼけていた）
時夫　起きるんだ……。
耳夫　ん。
時夫　行こう……。
耳夫　え。
キリナ　あの……これ……。（とサインをした色紙を差し出した）
時夫　あ。
キリナ　やめようかと思ったけど、やっぱりもらってください。
時夫　どうも……（と、サインの横に書かれた文字を読んで）「嘘つき」
キリナ　（笑顔のまま）むかついたんで書きました……ごめんなさい……。
時夫　はい……。
キリナ　ええ……。
時夫　茨目君……。
リカ　……なに。
時夫　……君も来るか……。
リカ　え……。

耳夫　どこ行くの？
時夫　どこだろう……
リカ　……なに……？
時夫　……どこだろうね……。

と突然ラジオがかかる。
流れて来たのはポップスっぽい曲のイントロである。

姉　（まだ半泣きで）ついた！　ラジオついた！
妹　ホントだ。
衣笠　おっよかったね。
姉　節ちゃん、ニュース。
妹　うん。（とチューニングを変えようとした）
キリナ　ちょっと待って。
妹　はい？
キリナ　これ……私の曲。
姉　え。

それは、確かにかつて一之江キリナが唄っていた「黒こげのホリデイ」だった。
曲を知る者も知らぬ者も、皆、一様に、スピーカーから流れ出る、ハツラツとしたかつてのキリナの唄声に耳を傾けた。

キリナ　（嬉しそうに）……衣笠……。
衣笠　ホントだ。
妹　唄ってる……。
キリナ　ええ……唄ってます……。
田中　懐かしいっスね……。
耳夫　（うつむいて、震えている時夫に）兄ちゃん、どうしたの？
リカ　課長？
耳夫　兄ちゃん。
リカ　なに……泣いてるの？

時夫、泣いていた——。

衣笠　（再び新聞に目を落とし、つくづく）すげえよ千昌夫。
金王　もし千昌夫に値段つけるとしたらいくらになるんだろうね。
田中　あ、インターネットでそういうのあるでしょ、命の値段。
衣笠　高いんじゃない？　だってなにしろ千八百億借金がある男だよ。
妻　え、それって足されるんですか？　引くんじゃないの？
衣笠　足すんだろ。
金王　だけど、借金だよ。
妻　そうですよ、返さないと。

衣笠　あそうか……でも千昌夫から千八百億引いたらどうなんだい？　残るかい？
金王　うーん。
衣笠　じゃあ千昌夫のマネしてるコロッケは？　いくら？
金王　それは安いでしょう。
田中　タダみたいなもんじゃないですか。
衣笠　コロッケはね。

と、その時突然売店のシャッターが開くが、なぜか誰も反応しない。見えていないのだろうか。
中には死んだはずの船長と佐久間がいる。
以下の会話の間に、田中、美大生、短大生も戻ってくる。

船長　なんだか、駄目だね……まるで気づいてない……。
佐久間　ええ……。
船長　教えてやろうと思ったけど、どうにも言い出しにくい空気だねこれは……（老婆を指して）あの婆さんはいい気持ちで鳥に乗ってる夢を見てるし。
佐久間　ですね、（リカを指し）あの茨目って人なんか、隠し持ったお金を何に使うかっていうことで頭が一杯です。
船長　（時夫を指し）だけどあの泣いてる男は早く教えて楽にしてやった方がいいんじゃないかね……。
佐久間　（象の鼻を指し）それよりなによりあの象でしょう。窮屈そうで……。
船長　（金王を指し）あのじいさんはいざとなったら象を食やいいと思ってるしな。
佐久間　言いますか。あなた達はもう死んでるんですよって。私なんか、受け入れたとたんメチャクチャ楽になりましたからね。それにこの船が地震で死んだ人達の最終便でしょ……？

船長　やっぱりもう少し待ってやろうよ……もう戻れないんだ……。

佐久間　……そうですね……。

船長　……。

佐久間　何考えてるんですか？

船長　ん、うん。……健康診断の結果がね……。

音楽高鳴って、一瞬にして世界は閉じられた。

了

あとがき

一九九八年夏に初演した『フローズン・ビーチ』の関連文章に、僕は、〈人を殺してしまいそうになったことは何度もある〉と書きました。あれも書いてる時には、まさかその一年後に、いよいよ本当に人を殺してしまうとは思ってもみませんでした。

ぶっそうな書き出しで恐縮ですが、九九年の後半、僕はどん底の心境でした。人を一人、何年もかけて瀕死の状態にまで追いやってしまったことに気づいたのです。無自覚なまま、僕はその人の心臓に、少しずつナイフを刺し込んでいました。それが致命傷なのだと気づいた時にはもはやとり返しがつかず、かつてはいつも明るく笑っていたその人から、僕は笑顔をすっかり奪い去っていました。一人の人間の人生を、明らかに悪い方向に一八〇度変えてしまったことを知り、なんとかして償おうと手をのばしても、死の淵にいるその人にまではとうてい届きませんでした。

『テイク・ザ・マネー・アンド・ラン』は、そんな私的現実と格闘しながら、死に物狂いで書き上げた労作です。まずいことに、そんな時に限って地方ツアーなんてものがあり、僕は役者やスタッフにも悟られないようにコソコソしながら、歯を喰いしばって地方の劇場の客席に座っていました。当然ながら、楽しくもなんともありませんでした。もっとも、あの芝居がなかったら、きっともっとひどい状態だったに違いありません。登場人物と共にあの船に乗ることで、なんとか生きのびられたというのが正直なところです。ツアー最終日は広島でした。カーテン・コールで舞台に上がった時、満場の拍手にどれだけ救われたことか——。

ツアー終了後、その人は姿を消しました。その人にとって、死から逃れる為には（比喩でもなんでもなく、文字通り、死から逃れる為には）、どこか遠くの、別の世界へ行くしかなかったのだと思います。

音信不通になってしばらくは、僕は本当にその人を殺してしまったと思い込み、尋常ではない状態でした。目に映る世界が、これまでとはまったく違った色に見えました。歪んだぶ厚いフィルターが眼球に張りついて、いくら剝がそうとしても剝がれませんでした。新作の稽古が始まってるというのに、散らかり放題の部屋の万年床から起き上がることも出来ず、トイレにさえ這って行く有り様でした。あの数日間の僕は、生きながら死んでいたのでしょう。二十年来の仲間である犬山（犬子）とみのすけが部屋にやって来て、支えるようにして僕を運び出してくれなかったら、そして稽古場で待ってくれていた役者やスタッフのみんなが、廃人と化した主宰者に温かいマナザシを向けてくれなかったら、間違いなく、『テイク・ザ・マネー・アンド・ラン』が僕の最後の芝居になっていただろうと、本気で思います。『テイク・ザ・マネー・アンド・ラン』から『すべての犬は天国へ行く』までの一年半は、僕が精神的に社会復帰するまでの一年半と完全に重なります。

『すべての犬～』からも一年以上が経ち、今では、しばらく音信不通だった〈その人〉とも連絡がとり合えるようになり、以前ほどの近くではないものの、ごく近い距離で元気に笑顔を見せてくれています。つい二年半前のことではありますが、あの頃の自分や〈その人〉を思い返すにつけ、つくづく、人間の心臓というのは弾力のある筋肉なのだなあ、と思わずにはいられません。ゲンキンなものです。

再び笑ってくれた〈その人〉に、再び僕を演劇の世界に生かしてくれたナイロン１００℃の役者やスタッフ達に、僕はどんな言葉で感謝の気持ちを伝えればよいのかわかりません。しかも、この二年半の間に書いた作品の中には、確実に、もがいている僕を見ているもう一人の僕が、その姿をちゃっかりネタにしておとしこんだセリフが、シチュエーションが、キャラクターが溢れているのですから、ミもフタもない言い方ですが、これはもう、救いようがありません。そして、もう一人の僕は、「回復したぞ」と息をまく僕を冷静な目で見据えながらニンマリと笑って言うのです。

「気づいてないだけさ。おまえは今でも、そしてこれからも、人を傷つけ、傷つけられるんだよ、生きてる限り――」

こうなれば、ここはひとつ、人生を非観的にしかとらえられないのは山羊座A型の宿命と、いや、特権と開き直って、「シリアス・コメディ」を、メイン・レパートリーの一つとして書き続けていこうじゃないか、と決意した僕なのでした。

最後に、本書刊行を機に、「過去の僕の戯曲を、どんどん本にしましょう」などという勇気ある発言を、とり返しのつかないことになるとも知らずにしてくれた論創社の君島悦子氏に謝意を述べ、読者以上に期待をかけたいと思います。

今年のはじめ、この本の為に台本のチェックをしている時、相次いで、三つの演劇賞の受賞報告を頂きました。嬉しくないと言えば嘘になりますけれど、いつも言ってる通り、この程度で、うだうだ大成なんかしたくありません。っていうか一生したくありません、大成なんてかっこ悪いし。権威的なものにとらわれることなく、冒険を続けたいと思います。何度も死に損なうに違いありませんが、ナイロンの仲間ともども、どうか、これからも見守ってやってください。これだけは約束します、「僕は、自分に嘘をつく芝居だけは絶対に作りません。だって、作れないから」。同じように非観的な思いを抱えてしまった方々にとって、僕の吹き出す出来損ないの世界が、少しでも勇気や、安心や、他にもなんかいろんなもんを与えられたら、これ以上の喜びはありません。この本を買ってくれてありがとうございました。

二〇〇二年六月

ケラリーノ・サンドロヴィッチ

引用および参考文献

◉すべての犬は天国へ行く
『ゴドーを待ちながら』サミュエル・ベケット（白水社）
江國香織さんの諸作品
映画：『リオ・ブラボー』ハワード・ホークス監督
　『嘆きの天使』ジョゼフ・フォン・スタンバーグ監督
　『マルクスの二挺拳銃』エドワード・バゼル監督
TV映画：『ローハイド』アンドリュー・マクラグレン監督ほか

◉テイク・ザ・マネー・アンド・ラン
別役実さんの諸作品
『偶然の音楽』ポール・オースター（新潮社）
『ドラゴンヘッド』望月峯太郎（講談社）
『バイオレンスジャック』永井豪（講談社）
映画：『そして船は行く』フェデリコ・フェリーニ監督

NYLON100℃ 21st SESSION

「すべての犬は天国へ行く」上演記録

作・演出：ケラリーノ・サンドロヴィッチ

2001年4月6日〜4月22日　下北沢本多劇場

キャスト

エルザ：犬山犬子／エリセンダ：峯村リエ／クレメンタイン：松永玲子／エバ：今江冬子／マリネ：長田奈麻／リトルチビ：新谷真弓／ガス：村岡希美／メリィ：澤田由紀子／グルーバッハ夫人：安沢千草／カトリーヌ：杉山薫／カミーラ：明星真由美／キキ：横町慶子（ロマンチカ）／クローディア：森野文子／デボア：戸川純

靴屋：植木智美／チンピラB：尾崎陽子／娼婦：野原千鶴／ステファーニャ：藤原ヨシコ／娼婦：三ツ蜂ひかり／娼婦：横山彩／チンピラA：渡辺麻衣子

スタッフ

舞台監督：福澤諭志＋至福団／舞台美術：島次郎／照明：関口裕二（balance inc.）／音響：水越佳一（モックサウンド）／音楽：中村哲夫／衣裳：三大寺志保美／ヘアメイク：武井優子／映像：上田大樹／大道具制作：C-COM舞台装置／小道具：高津美術装飾／小道具製作：宇野圭一、宇野奈津子、大川真由美／舞監助手：松嵜耕治／美術助手：長田佳代子／音響操作：茶木陽子（モックサウンド）／衣裳部：山本有子、高橋深雪（ミシンロックス）／映像協力：奥秀太朗（M-6）／ガンアドバイザー：ビル・横山（BRONCO）／殺陣指導：林和義／履物：神田屋靴店／振付：横町慶子、長田奈麻／コーラス歌唱指導：安沢千草／宣伝美術：高橋歩／宣伝写真：中西隆良／演出助手：山田美紀（至福団）／制作助手：高田昌子／制作：花澤理恵／製作：㈱シリーウォーク

協力

クリーチャーズ、III'S、パパドゥ、スターダストプロモーション、キューブ、ダックスープ、シスカンパニー、ロマンチカ、戸川純事務所、BRONCO、東宝舞台衣裳部、博報堂、㈱グローバルダイニング、ZEST CANTINA, SHIBUYA、GROOVY、大人計画、ホッピー神山、猫狩香織、青山敦子、井上喜弘、相田剛志、上国亜由子、浅山慶子、土井さや佳、工藤美津枝、原千尋、本多綾、坂上典子、斎藤恵、萩原佳子、阿部文代、望月有希、渡部音子、山本ひろみ、中山宏子（順不同）

広告協賛

ベネッセコーポレーション、ギャガ・コミュニケーションズ

NYLON100℃ 17th SESSION
「テイク・ザ・マネー・アンド・ラン」上演記録

作・演出：ケラリーノ・サンドロヴィッチ

ジャパン・ツアー'99
◎東京：1999年9月3日～19日　下北沢本多劇場
◎札幌：1999年9月24日、25日　道新ホール
◎北九州：1999年10月1日、2日　女性センター「ムーブ」ホール
◎大阪：1999年10月8日～11日　近鉄小劇場
◎広島：1999年10月14日　南区民文化センター

キャスト（登場順）
元保険勧誘員：村岡希美／姉：峯村リエ／妹：松永玲子／船員：小林高鹿／衣笠：三宅弘城／耳夫：みのすけ／金王の妻：長田奈麻／時夫：山崎一／女子大生１（美大生）：新谷真弓／女子大生２（短大生）：澤田由紀子／茨目リカ：西牟田恵／一之江キリナ：犬山犬子／船長：廣川三憲／金王周三郎：大倉孝二／老婆：今江冬子
〈ラジオの声〉アナウンサー：山本元気、村上真由子、秋山菜津子、喜安浩平、吉増裕士／DJ：近田和生／森島：大山鎬則

スタッフ
舞台監督：福澤諭志＋至福団／舞台監督助手：宇佐美雅人（バックステージ）、桂川裕行、山中彩子／舞台美術：大竹潤一郎／照明：関口祐二（A. P. S）／照明操作：田中雅子（A. P. S）／音響：水越佳一（モックサウンド）／音響助手：茶木陽子（モックサウンド）／衣裳：田中亜紀（大人計画）、木村猛志（A·C·T）／衣裳協力：加藤真理茂、松本夏記、木村貴華子／大道具製作：C-COM舞台装置／小道具：高津映画美術装飾／宣伝美術：坂村健次（C2）／宣伝イラスト：久保卓也／宣伝写真：望月孝／演出助手：山田美紀／制作助手：久保田恵美、花澤理恵、高田昌子／制作：江藤かおる／製作：㈱シリーウォーク

協力
オフィススリーアイズ、グラフィックエルディー、バックステージ、至福団、大人計画、ニッポン放送、大沢事務所、Aチーム、東京コカコーラボトラーズ自販機センター、東京スポーツ新聞社、ラコット、コンテ・ポンテ・ラボラトリー、speaker370、菅野将機、べら、宇野圭一、花本理恵、井上桂、佐藤玄、竹村俊之、大島智恵、演ぶゼミ２期生有志、相島武、斉藤史乃、青山敦子、清野裕司、豊田恵子、三武奈緒子、棟安真由美、パラディ、安沢千草、仁田原早苗、市川英実、杉山薫、田中嘉治郎、伊藤弘維、藤原圭太、宍倉裕章、萩原圭子、三上七生、小石昌子、金沢佑子、川谷美奈、五十嵐裕子、入江健夫、鶴巻美希、米森恵子、上田亜由子、小桜エツ子、高橋佳代子、久保貫太郎、馬場恒行、桔川友嘉、田部井裕里、柚木幹雄、村瀬香奈、遠藤淑恵、関本聖一、宮崎陽介、小松理恵、伝井幸洋、高田奈々（順不同）

広告協賛
ベネッセコーポレーション、太田出版、P-ONE、クックパパ、春秋愉善まんま

付録：「テイク・ザ・マネー・アンド・ラン」サウンドトラックCD

（TOTAL TIME：22'20"）

1．妹とキリナ (4'40")　2．森島さん (3'19")
3．金王のみた夢 (3'07")　4．そして船は行く (4'22")
5．砕け散った鏡 (2'14")　唄：レナード森島 (大山鎬則)
6．黒こげのホリデイ (4'37")　唄：一之江キリナ (犬山犬子)

1～4．1999年10月14日　広島・南区民文化センターにて収録
5．作詞・作曲：KERA／演奏・編曲：三浦シュンイチ
6．作詞：サエキけんぞう／作曲：中村哲夫／演奏：LONG VACATION

＊　＊　＊　＊　＊

前著の『室温～夜の音楽～』に引き続き、今回も出版社にわがままを言って、付録に小さなCDをつけてもらいました。『テイク・ザ・マネー・アンド・ラン』の劇中で使用した２曲の唄に加え、ぜひとも活字のみでなく、台詞で聴いていただきたいシーンを記録用のビデオから起こしました。本当はこの他にもまだまだ収録したいシーンはあったのですが、収録可能時間の関係で泣く泣くあきらめた次第です。

『テイク～』は、「あとがき」に書いたように、個人的にも集団的にも非常に混乱した時期の公演だったこともあり、カッチリとしたビデオ収録が出来ておらず、僕がカメラを回した記録ビデオしか残っていません。そのため、今後もビデオ・パッケージとして発売されることはないことと思います。決して最良の音質ではありませんが、せめて音声だけでもお楽しみいただければと思います。ありがとう、論創社の君島さん。

「砕け散った鏡」は、この作品のためにバンド仲間の三浦君に頼んでオケを作ってもらい、声の出演で森島を演じた大山鎬則が唄っています。なかなかクセになる曲です。

「黒こげのホリデイ」は、93年に、今はもうなくなってしまったアポロンというレコード会社から、僕のプロデュースでリリースした「東京ポーキュパインコレクション」というシリーズのアルバムの中の１枚、犬山犬子唯一のソロ・アルバムの中からの流用です。いちばん歌謡曲っぽい曲を選びました。

この「東京ポーキュパインコレクション　フィーチュアリング　犬山犬子」と題されたアルバムは本当にカッコイイのですが、今ではもう手に入らないのが残念、なんて書いていた矢先に、シリーズ３枚がセットになってテイチクレコードから復刻されるらしいという情報が入ってきました。この本の発売からほどなくしてCDショップに並ぶそうです。(３枚を２CDにまとめたものになるとのことです。)

じゃあ、もし聴いたことのない方はぜひとも買って聴いてみてください。レコ番はTECN－35809～10です。もう解説なのか宣伝なのかわかりません。

（ケラリーノ・サンドロヴィッチ）

砕け散った鏡

作詞・作曲：KERA

1.
山に登れば山　海に登れば海
山　海　ハンハハハハハハー

2.
山に登れば山　海に登れば海
山　海　パンパパパパパパー

3.
海で泳げば海　寿司で泳げば寿司
海　寿司　バンババババババー

4.
寿司を握れば寿司　こぶし握ればコブ
寿司　コブ　バンババババババー

5.
山 海 寿司 こぶし　馬 牛 寿司 こぶし
馬　牛　ハンハハハハハハー

ギター！

黒こげのホリデイ

作詞：サエキけんぞう／作曲：中村哲夫

カラメルが煙あげてる
ひとりだけの窓辺だから
トーストごと気持ち黒くこげるホリデイ

ファインダーずれて　心霊写真とれた
犬にかまれた君は
キスを忘れ　つり目でグッバイ

あんなにムキにならずに笑えばすんだの
レモンの皮かじってる　ウサギみたいね
熱い気持ち半熟のまま　忘れてしまうと
雨の午後はモノクローム・テストパターン

テーブルから足にぶつかる
イカサマなティー・ブレイクだから
ビタミン散らして蹴った　黙るテレフォン

サングラス割れた　パンクスターのように
強引な照れかくしが
コマ送りで　ひきつったあの日

ファインダーずれて　知らない２人がいた
とっさのとまどいから
お互いに後ずさったあの日

あんなにムキにならずに笑えばすんだの
レモンの皮かじってる　ウサギみたいね
熱い気持ち半熟のまま　忘れてしまうと
雨の午後はモノクローム・テストパターン

ケラリーノ・サンドロヴィッチ（KERA）
1963年東京都生まれ。横浜放送映画専門学院（現・日本映画学校）卒業。ナイロン100℃主宰。99年、「フローズン・ビーチ」で第43回岸田國士戯曲賞受賞。00年、「ナイス・エイジ」で千年文化芸術祭優秀作品賞を受賞。02年、「室温〜夜の音楽〜」で第5回鶴屋南北戯曲賞、第9回読売演劇大賞優秀演出家賞、同作と「カフカズ・ディック」「すべての犬は天国へ行く」「暗い冒険」「ノーアート・ノーライフ」で第1回朝日舞台芸術賞受賞。主要著書に『ケラの遺言』『私戯曲』『ライフ・アフター・パンク・ロック』『スマナイ。』（以上、JICC出版局）、『フローズン・ビーチ』『ナイス・エイジ』『カフカズ・ディック』（以上、白水社）がある。

上演許可申請先：㈱シリーウォーク
〒150-0036 東京都渋谷区南平台町12-13-221 tel. 03-5458-9261

すべての犬は天国へ行く

2002年8月15日 初版第1刷印刷
2002年8月25日 初版第1刷発行

著者 ケラリーノ・サンドロヴィッチ
発行者 森下紀夫
発行所 論創社
東京都千代田区神田神保町 2-19 小林ビル
tel. 03（3264）5254 fax. 03（3264）5232
振替口座 00160-1-155266
組版 ワニプラン
印刷・製本 中央精版印刷

ISBN4-8460-0269-1